KB263189

정동 수필로 제1집

무화과와 곶감

초대시인	구자천 · 김용화
	서범석 · 임문혁
수필	김은숙 · 방 민
	신동임 · 오관석
	이혜경 · 이희숙
	장사비나 · 차성기
	추대식 · 황명희

책봄

고동을 울리며

2020년《종로통수필로》는 11명이 발간했다. 2025년《정동수필로》는 14명이 출간한다. 5년 사이 변화다. 참여 작가와 새 얼굴도 늘었다. 양적 변화다. 질도 나아졌으리라 믿고 싶다. 5년 사이에 코로나가 다녀갔고, 터전을 종로에서 정동으로 옮겼다.

5년 사이 다채롭게 발전했다. 작가들은 나이를 더 먹었지만 인생은 그만큼 성숙했다. 정식 등단 작가 수가 늘면서 글도 향상했다. 작가 개인 열정과 자리를 내어준 〈중림문화센터〉의 지원 덕이라 생각한다. 5년 시간을 결코 허송한 것은 아니었다. 세월 물레방아는 그냥 물만 흘려보내지 않았다.

지구촌이 이곳저곳 어수선하다. 세상은 언제나 펄펄 끓어 넘치는 용광로와 같다. 그 속에서도 삶은 지속해야 하듯 글만 쉬어 갈 수 없다. 삶의 기록이면서 인생의 진실한 의미가 아름답게 담겼기 때문이다. 우리는 이걸 믿으며 다음을 기약한다. 얼마나 달라질지 어떻게 나아질지 아무도 모른다. 다만 하루하루 살면서 한 편 또 한 편 쓸 뿐이다.

《정동수필로》는 이제 출항의 고동을 울린다. 저 무한한 글의 바다를 향해서. 언제 어디에 닻을 내릴지는 여기에 승선한 우리에게 달려 있다. 모쪼록 난파하지 않고 거센 세파를 헤치며 무사하게 다음 기항지에 내리길 바란다. 그때 축배를 높이 들어 승전가를 부르면 좋겠다.

2025년 섣달

方 롯

▶ 수필

달래

구자천

시간이 더 지나도
상흔처럼 사라지지않는
분노가 있더라

시간이 한참 더 지나도
문신처럼 좀체 지워지지않는
아픔도 있더라

바람으로 강물로도
지워지지않고
들풀로 아무리 닦아도
지워지지않는
억울함도 있더라

그러나 또 한긋
봄에 달래가 피듯
살며시 달래주는 그리움도 있더라

빈 들판

끔찍이 헤아리던 사람들
저만치 바래드리고
다시 빈 들판에 홀로 선다.
소통법이 서툰건지,
사랑 방식이 어눌한지
몰라, 옹이 하나 더 키우고.

이젠 오랜 잠옷처럼
오히려 포근한 외로움이여…

비어있기에
갈바람, 솔바람, 댓바람
소리가 곱으로 굽이쳐
더욱 아린 벌판이여!

난 오늘도 비인 들판에서
기타 현을 조이다
시 한편 입에 물고 눈을 감는다.

못뽑기

거실 벽에
오래된 자그마한
못 하나 뽑는데,
서툴러 그런지
연장을 두 개나 들고
간신히 뽑았다.
벽이 조금 부서지고
흉물이 되었다.

그것을 보며 생각해본다.
가슴에 박힌
오래된 대못은 어찌해야하나.

곰곰히 따져보다
그 못은 뽑지말고
차라리
쓰다듬고 다독이면서
함께 하는게 나으리라 마무리하고

창밖 푸른 하늘 흰구름을 보고
은밀한 은빛 미소 하나 보내본다.

울보

목련 꽃봉오리 보면
할매 생각나 울고
이팝 꽃 떨어지면
굶던 때 생각나 울고
코스모스 피어나면
누님 생각나 울고
가끔
그렇게 울더니
늦가을 노을 붉게 물드니
볼 때마다 우네

울지 않으려
이 악물고 버텼는데
이가 하나 둘 빠지더니
이젠 아주
울보가 되어, 울보가 되어.

쉬지만 않으면

내 사랑은 깊이가 얼마며, 그 끝은 어디인지.
나는 죽어 무엇을 남기려는지.
남기는 것은 또 무슨 의미가 있는 것인지.

간혹 이런 부질없는 질문을
눈 쌓인 산기슭에,
비 내리는 차창 밖에,
새벽 강 물안개에 던지곤 했다지.

이 치열한 삶이 저 게으른 죽음보다는 나은건지.
내일은 오늘보다 아름다울 것인지.

때론 이런 향기없는 질문을
정리되지 않은 책상 위에,
비틀거리는 뒷골목에,
산책하다 만난 솔바람에 집어 던지곤 했다지.

소리산 계곡 물은
그 무엇도 묻지 않은 채

홍천강이 되고,
북한강이 되더니

쉬지만 않으면 서해도 되고
기어이 도도한 태평양이 되더만…

구자천

1950년 경기도에서 출생해
서울에서 교사 생활하다 답답해 그만두고
학원강사로 자유롭게(또는 방탕하게?)살다가 너무 늙은 것 같아 은퇴.
《착각의 시학》24년 겨울호 신인문학상 수상했고 詩空 동인, 한국 착각의 시학 작가회 회원으로 활동.

곡우(穀雨) 단비

김용화

하늘이 때를 알아 비를 내리십니다
달팽이는 긴 뿔대를 세우고
가재는 바위를 굴리며
청개구리는 연잎 위에 알몸으로 무릎을 꿇고
물새는 수면을 차고 날며
잉어는 못 위로 뛰어올라
농부는 땅에 엎드려
온몸으로 오시는 비님을 마중합니다

소설(小雪)

빈 하늘에
배고픈 까치가 파먹다 남겨 놓은
까치밥 한 덩이
잽싸게 날아온 직박구리가 먹어 치운 빈 가지 끝에
하얀 쪽달이
찬 바람에 파들거리고 있다

평창강 물수리

물수리가 수면 위를 스치듯
잽싸게
누치 한 마리를 낚아챘다

물수리 품에 안겨
번뜩이는 은빛 비늘 세우고 하늘 여행 떠나는
누치,

물수리 나랫짓 따라
좌로 우로
꼬리지느러미를 흔들어 주었다

검은댕기해오라기가
고갤 갸우뚱,
멍한 눈으로
하늘 속을 들여다본다

한로(寒露)

간밤에 찬 이슬 내리고

징검돌 위에
외다리로 서 있는
백로 한 마리

물속에 물음표 하나 던져 놓고
묵상에 든 사이,

아슬아슬
물뱀 한 마리 내를 건넌다

숲속의 아침

삼나무가 발치 끝에 키우는 어린나무를
지그시 발로 밀어내 본다
나뭇가지 사이 붉은머리오목눈이 둥지 안에선
솜털 뽀시시한 뻐꾸기 어린 새끼가
작은 눈알 도리반거리며
먼 데서 들려주는 어미 새 울음소리를
부리로 받아서 적는다
황조롱이 한 마리 매섭게
허공을 가르자 긴장한 숲은 한 번 출렁인다

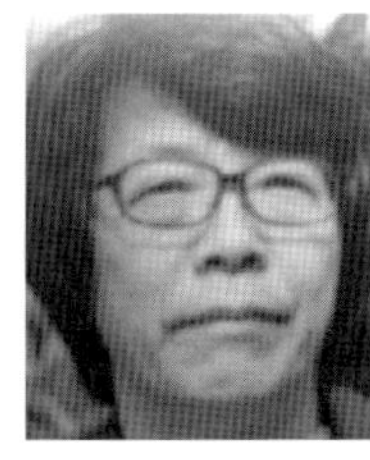

김용화

충남 예산 출생. 1993년 《시와시학》으로 등단. 시집 『아버지는 힘이 세다』『감꽃 피는 마을』『첫눈 내리는 날에 쓰는 편지』『비 내리는 소래포구에서』『루루를 위한 세레나데』와 시선집『아름다운 이름 하나』 (전) 부천 소명여고 교사.

백합나무 꽃

서범석

푸짐하게 아름다운 얼굴과
넘치게 빛나는 몸이 몸살 나게 만들지

키가 크고 잎이 무성한 나무 그 품속에 묻혀
높다랗게 앉아 있는 꽃

하늘 쪽만 바라보기에
아직 얼굴을 본 사람이 많지 않다

개옻나무도 옻이 오른다는데

꽃이 피었는지 아닌지는 고사하고
있는지 없는지도 모르는
향기나 빛깔은 더욱 모르는

저 외로운 백합공주의 속내는 짐작도 못하지

숙명적인 외면의 아픔은 누구의 것인가
백합나무 꽃 아니면 사람

개암나무의 상대주의

암꽃과 수꽃이 적당히 따로 서 있다

하나는 잘 보이나 다른
하나는 잘 보이지 않는 아주 큰, 차이
아기 손가락같이 생긴 누런 이삭꽃
몇 백분의 일로 아주 작은 붉은 꽃

모양도 빛깔도 크기도 다르지만
각자의 위치를 지키면서
바람의 은총을 기다릴 뿐

하나도 닮은 것 없어서 포시럽진 못해도
다르다는 걸 알면서 서로 믿으면서
한 집에서 하나의 목숨으로
아들 딸 낳고 그런대로 잘 사는 것을

은행나무도 밤나무도
개암나무가 부러워 죽겠단다

뒤로 걷기

하산길 메마른 땅을 스틱으로 버티면서 오늘도
뒤로 걷는 할아버지
끝내 집까지 저렇게 걸어갈 요량인가

앞으로 걷는 것은 아니지만
앞으로 가는 쪽의 신념만은 짚으면서

엉덩이에 걸린 눈을 가끔 껌뻑이면서
뒤뚱뒤뚱 걸어서 내려서는
스스로 잡은 선택을 뒤로 아래로 재면서

지나온 길을 돌아보며 걷는 길은
느리고 위험하다

산에서만 사는 검은등뻐꾸기의 진실한 외침도
뒤로 걸어서 내게 온 것이 아닐까

어떻게 오더라도 이제 산에서 내려와,
내 품으로 날아와,
뒤로 걸어서라도 내게 와,

못 믿을

낳아주고 키워줬지만

몸살 앓는 숲의 재채기
영상 40도 아니면 영하 40도라
죽음이 코앞이다

바다는 더 이상 태풍을 잠재우지 않는다
우리가 불러온 공포의 아가리

땅은, 흔들고 갈라지면서
목숨을 끌고 가 처박기도 한다

스스로 잠잠히 그렇게 있다고
좋아하고 까불면 안 된다
깨어 있어야 한다

언제나 어디서나 영원한 내 편은 없다

이동중지령

그냥 있으란다 꼼짝 말고
호병천* 냇가에서 벗어날 수 없단다
냇물 따라가지도 말고 봄바람 타지도 말란다

간호장교 광대나물이 분홍 입술로
엄지발가락을 물고 놓지 않는다

쇠뜨기 말뚝 하사가 눈 부릅뜨고
움직이면 방망이로 내려친다고 으름장이다

날 두고 떠나면 체포한다고
쇠별꽃 사단장이 하얀 계급장을 흔든다

우리가 함께한 시간이 몇십 년인데
너 혼자 갈 수 없다며
제비꽃 병장이 보랏빛 너스레를 떤다

집으로 들어갈 수도 여름으로 넘어갈 수도 없다고
병사들이 발길을 막는다

* 호병천(신읍천) : 포천시 신읍동에 있는 하천으로 왕방산에서 발원하여 포천천에 합류
한다. 이성계의 호위군사들이 주둔하였다고 하여 '호병(護兵)골'이라는 동네 이름이 생
겨났다고 한다.

서범석

대진대학교 명예교수, 문학평론가, 『시와시학』시 등단
시집. 『난센스의 지각』 『놀부 놀이』 『짐작되는 평촌역』 『하느님의
카메라』 『종이 없는 벽지』 『휘풀』 『풍경화 다섯』 외. 비평집. 『문학
과 사회 비평』 『한국현대문학의 지형도』 『비평의 빈자리와 존재 현
실』 외. 학술서. 『한국 농민시 연구』 『한국 농민시』 『한국 농민시인
론』 『우정 양우정의 시문학』 외.

세상에 오르기 힘든 산

임문혁

누구는 태산을 말하고
누구는 히말라야 14좌를 말하지만
어디, 내 안의 산만큼 험하랴

육 척 채 안 되는 키
그 안에 솟은 산이련만
어찌 이리 힘겨운가
나를 넘는 일

수없이 작정하고 도전했건만
번번이 넘어지고 미끄러졌네
새들도 넘으려다 날개 접었네

이 산을 어이할꼬
예서 그만 주저앉으면
정말 분하지 않은가
나 아직 젊지 않은가

묵화(墨畵)

목련나무가 뜰에 묵화를 친다
굵고 가는 선線이 변화무쌍하다

햇빛과 바람이 간질이면
가지 위에 꽃이 피었다 지고
꽃 진 자리 잎이 날개를 편다

산 넘어 햇살 발길 돌리면
그림자로 그린 그림
뜰을 지나 담을 넘고
하루가 간다

나무가 어찌 제 마음대로 그림을 그리랴
그림은 빛 따라 바람 따라 그려지는 것을

세상 뜰에 나를 세우신 그분
내 그림자로 어떤 그림 그리시려는지

순환선

2호선 전철은 이동 독서실
책 읽다 사람 읽다 세태도 읽으며
이 생각 저 생각 굴리는 독서실

내릴 역 지나쳐도 큰일 아니지
역에서 역으로 생각과 생각이 맞물려
한 둘레로 이어지는 순환선

떠난 사람 되돌아오고
지난 역 다시 찾아가는
삶도 순환선이라면

나 지금 어디쯤을
돌고 있는 것일까

깊이

물을 두려워하는 건
깊이를 모르기 때문이다

내가 막연히 그대를 그리워하고
그대를 기다리는 것은
그대의 깊이를 모르기 때문이다

기다림은 고일수록
아픔이 깊어진다

아픔 깊을수록
깊어지는 물

그대를 미워하며
그대를 아파하며

이 밤에 새삼
그대를 생각하는 건
기다림의 깊이를
기다림의 끝을
모르기 때문이다

양복점 주인처럼

대로변에 새로 생긴 양복점

손님이 없네

지나다니며 유심히 살펴봐도

옷 맞추는 사람 보이지 않고

주인 혼자 앉아 신문만 보네

어느 날은 옆 골목 담장에 기대

뻐끔 담배 피우는 그를 보았네

가뭄에 콩 나듯 오는 손님 있을까

아침부터 밤까지 유리창 안에 콩깍지처럼 앉은 사내

나라도 들어가서 금단추 양복 한 벌 맞추면 좋으련만

나는 이제 양복 입고 갈 데가 없네

저 양복점 주인처럼 나 무얼 기다리며

빈 방에 콩알처럼 구르다가

이제 바람 부는 거리에 나와

남의 빈 가게나 들여다보고 있나

임문혁

시인, 문학박사
『한국일보』 신춘문예 시 당선
시집. 『귀·눈·입·코』, 『반가운 엽서』 외
한국현대시인상, 김기림문학상 수상
한국현대시인협회 부이사장

무화과와 곶감

김은숙

해남 우수영, 여름의 태양은 뜨거웠다. 바닷가 마을이어서 그늘에서는 견딜 만했다. 파란 하늘과 푸르른 바다가 해안가의 검은 바위에 부딪히면 하얀 거품이 일어난다. 장독대 밑의 채송화는 시들시들, 여름꽃인 글라디오러스는 빨갛게, 우물가에 둘러 심은 연분홍 장미꽃도 몽실몽실 피었다. 마당 가의 우물 근처에는 무화과나무도 무성한 잎으로 여름을 나고 있었다. 더러 어른 주먹만 하게 커다란 무화과도 익어가고 있었을 것이다. 무화과나무 옆에는 커다란 감나무가 뒤란의 주재자라도 된 듯 우람하게 그 세력을 떨쳤다. 떫은 땡감이었지만 감나무는 어린 시절의 동반자였다. 봄에는 연노란 감꽃이 귀여웠고, 바람에 떨어진 감은 된장 푼 물에 침 담가서 떫은 기가 빠지면 간식이 되기도 했고, 겨울에는 시루에 담겨서 홍시가 되기를 기다렸다가 별미로 하나씩 먹는 게 꿀맛이었다.

"은숙아! 네 할아버지가 밭에서 쓰러지셨대." 누군가 외쳤다. 몹시 추운 겨울날이었다. 할아버지가 밭에서 쓰러져서 수레로 옮겨와야 했다. 1962년 12월쯤, 외갓집에서 자라고 있었다. 어머니가 무남독녀 외동딸이기에 광주에 있는 우리 집으로 외할아버지는 가서 치료받고 한 달쯤 뒤에 돌아왔다. 침 맞고 한약도 들고 한 게 효과가 있었는지 집안에서 거동은 가능해졌다. 방 청소도 하고 떫은 감을 깎아 실에 꿰어 곶감으로 만들기도 했다.

젊은 시절 일제 강점기에 광주 사범을 졸업한 외조부는 초등교사

일을 몇 년 했다. 그 후 젊은 시절에 원인 모를 병으로 몸져누워서 오래오래 아팠다고 한다, 지금 추측하기에 아마도 간염이 아니었을까 싶다. 오랜 시간 누워 있다가 좀 건강해지자 낚시 다니기도 하고, 더러 들에 가서 일을 돕기도 했다. 본래 농사와 가사는 할머니가 주로 하고 할아버지는 보조였다. 중풍으로 첫 번째 쓰러지고 난 후에도 회복되자 우리 손녀들 공부도 봐주고 방 청소도 하고 마당도 쓸고 했다. 그렇게 몇 년 지내더니 몸져누워 버린 것이다.

할아버지는 자주 잘 익은 무화과를 따서 주곤 했다. 그 할아버지가 지금 병석에 누워 있다. 할머니는 아침에 일 나가기 전에 할아버지용 좁쌀미음을 쑤어 놓았다. 점심으로 그 미음을 할아버지께 떠넣어 드렸다. 할아버지가 용변을 보시면 기저귀를 갈고 그 젖은 기저귀를 빨아서 볕에 말리는 것이 내 임무였다. 그때 고등학생이었기에 할머니를 도와 간병인의 임무를 충실히 이행하였다.

동네 우물가에서 식수를 길어다 부엌의 항아리에 부어 넣는 것도 일이었다. 할머니가 저녁에 돌아오기 전에 아침에 삶아 놓은 보리를 솥에 안치고 밥으로 한 번 더 끓여서 뜸을 들여놓기도 했다. 그것이 우리의 저녁이었다. 할머니는 내 안색이 좋지 않다고 한번은 닭을 잡아서 찹쌀죽을 쑤어 주었다.

순전한 호기심에서 이따금 할아버지께 지금 어떤 심경이 드는지 묻기도 했다. "할아버지는 언제 가장 행복하셨나요?" "내가 건강했을 때 가장 행복했지." 말씀하기 힘들어하면서도 대답했다. 할아버지는 얼마나 힘들게 죽을 날을 기다렸을까. 자연사를 기다리며 그렇게 몸져누워만 있었다. 1960년대의 시골에서 뇌출혈로 쓰러지면, 소위

중풍에 걸리면 죽을 날을 기다리는 것이다. 여름방학에 잠시 내려와 있다가 다시 학교로 돌아가야 했다. 할머니께 모든 뒷일을 맡기고 떠났다. 할머니는 얼마나 힘들었을까.

할아버지는 그해 늦가을 돌아가셨다. 장례가 끝난 후에야 도착해서 커다란 감나무 밑에서 꺼이꺼이 울었다. 다음 해 여름에 그때는 서울에서 다시 방문하여 홀로 계신 할머니와 여름을 지내다 올라갔다. 할머니께 해 질 무렵 같이 바닷가 산책을 요청하기라도 하면 계면쩍어하면서 동네 사람들에게 "얘가 자꾸 나랑 같이 이렇게 걸어다니자고 한다네." 했다. 서울 가기 전날 할아버지 묘소에 가보자고 하니 마지 못한 듯 따라 나오며, 가는 길에 만나는 동네 분들에게 아무도 묻지 않는데 "얘가 할애비 산소에 가자고 한다네." 한다. 그때 할머니는 좀 부끄러워하신 듯도 해 보이고, 얘가 나중에 내 산소에도 오겠구나 하고 느끼는 것도 같았다. 3년 뒤에 할머니도 돌아가 할아버지 산소 곁에 묻혔다. 그때에는 방송통신대학 초등교육학과 출석 수업이 있었는데 진즉부터 내려가 할머니를 간호하고 있었던 어머니가 동네 분들과 장례를 다 치르고서야 서울집으로 알렸다. 아버지가 소식을 듣고 할머니가 돌아갔다고 하자 서럽게 울기만 했을 뿐이었다.

초등 동창들과 연락이 닿아 우수영에서 모임이 있으면 최우선 순위는 조부모님 산소참배였다. 이 세상에 우리 조부모님 묘지를 애정으로 그리움을 담아 찾을 사람은 이제 나밖에 없다. 오죽하면 내가 여기 할머니 할아버지 사이에 뼛가루로라도 묻히고 싶다고 했을까. 그런데 올 여름 동창생이 6월에 윤달이 있으니 자기 부모님 묘소를

정리해서 자연으로 보내겠다고 해서 그 기회에 조부모님 묘소를 정
리해야 될 것 같다. 홀가분하게 저 세상으로 가더라도 마음에 걸릴
일이 없이 갈 수 있도록 준비할 작정이다.

할머니 떡국

  청소년기엔 참 예민해서 크리스마스이브나 그해의 마지막 날에는 세계가 바뀌기라도 하는 양 일기장이나 노트를 붙잡고 삶의 의미를 천착하듯 자못 심각하게 사색에 빠졌다. 그러나 칠십이 넘은 지금은 그저 그렇게 마냥 새로울 것 없는 또 하루가 지나가는구나 하며 사람들이 의미부여를 하면 급히 피곤해진다. 수선과 호들갑으로 시끄러운 카톡을 바라봐야 하고 또 감수성이 말라버렸다는 것을 들킬세라 적당히 사회생활을 한다.

  진정으로 심각하게 설날을 손꼽아 기다리던 시절이 있었다. 한반도의 최남단에서 자랐는데도 어린 나에게 겨울은 가끔 눈물이 나게 추웠던 기억으로 남아 있다. 겨울이 다가오면 '까치 까치 설날'이 온다는 신호여서 한편 기대가 되었던 어린 시절이었다. 감히 용기가 없어서 직접 썰매 탈 엄두는 못 내었으나 외가 뒤의 언덕배기에서 썰매 타는 아이들을 구경하면서 부러워하였다. 서서 발을 동동 구르다가 결국에는 너무나 발이 시려워 그냥 집으로 가 할아버지 계신 아랫목으로 파고들면서 "너무 추워. 발 시려워." 했던 일이 떠오른다. 이때 아마도 눈물을 찔끔하지 않았을까?

  설이 다가오면 할머니는 밥상을 펴놓고 콩을 한 줌씩 올려놓고 썩은 것이나 벌레 먹은 것을 골라내고 온전한 것들만 모은다. 다음 물에 불려 밑이 동글 동글 뚫려 있는 시루에 천을 깔고 쏟아붓는다. 그 위를 볏짚으로 덮어 방 윗목에 둬서 하루에 한 번씩 물을 부어 콩나

물을 길렀다. 하이라이트는 떡쌀을 씻어서 담그는 것이다. 하루쯤 불린 쌀을 조리질해서 채반에 건져 물을 뺀 다음 광목천으로 위를 덮고 양은 함지에 넣어서 머리에 이고 방앗간으로 간다. 쌀을 빻아서 가루로 만든 다음 시루에 찐다. 그것을 기계에 넣어 떡국 떡으로 길게 뺀 다음 적당한 길이로 잘라 가지런히 차곡차곡 놓는다. 들러붙지 않도록 참기름을 바르면 좋다. 가래떡을 함지에 가득 이고 집에 돌아올 때의 기분은 몹시 행복하였다. 앞서거니 뒤서거니 동생과 나는 할머니의 뒤를 따라오며 폴짝폴짝 뛰었다. 가래떡은 약간 굳은 다음에 떡국떡으로 썰어야 하기에 한나절은 기다려야 했다. 다음날 떡국떡 모양으로 어슷썰기 하다가 남은 자투리는 입속으로 들어갔다. 숙주나물도 그렇게 기르고 뒤란의 움 속에서 무를 꺼내어 채썰어 무나물을 만들었다.

할머니가 숯 화로를 방안으로 들이시면 바느질한다는 신호이다. 우리들 설빔을 만들려는 것이다. 장에 가서 새 옷감을 끊어와 거기에 솜을 넣어 색동저고리를 짓고, 치마는 진분홍 비단으로 지었다. 저고리 동정 달 때나 앞섶을 지을 때 화로의 인두가 필요하였다.

설 전날 밤에 일찍 잠을 자면 눈썹이 하얘진다고 해서 잠을 자지 않으려고 안간힘을 썼으나 어느새 잠이 들어버렸다. 늦게야 잤기에 아침 늦게 일어나서 떡국에다 맛난 반찬을 먹고 식혜도 마시고 새 옷으로 갈아입고 세배를 드렸다. 세뱃돈을 얼마나 받았는지는 기억나지 않는다. 그 시절엔 특별히 자본주의에 물들지 않았기에 말이다. 새해를 맞는 것이 마냥 설레고 기다려지기만 했던 어린 시절의 순수함이 그리워진다.

어머니 등

글 쓰는 공부를 한다고 한 지 서너 달이 흘렀다. 어릴 때의 기억을 더듬어 1주일에 거의 한편씩의 추억을 머리를 쥐어짜듯 써내었다. 그러다 보니 외할머니에 대한 여러 기억이 물밀듯 떠오르고 외갓집에서 자랐던 유년 시절을 주로 다루게 되었다. 함께 살았던 동생, 언니와의 에피소드까지 쓰게 되었으나 아직 어머니 얘기는 쓰지 못하였다. 오늘은 어머니에 대해 떠오르는 대로 써 볼 생각이다.

미처 젖을 떼기도 전에 외갓집에서 외할머니의 손에 컸기 때문에 어머니와의 기억에 남는 추억이 별로 없다. 그러는 중에 어머니 등에 업혀서 편안했던 기억이 난다. 초등학교 이삼 학년 무렵이었다. 이유는 모르지만 그날 몹시 심통이 났다. 오후반으로 학교에 가려다 발을 헛디뎌 넘어져 눈가에 멍이 시퍼렇게 들었다. 마침 집에 있던 어머니가 등에 업고 학교에 가 담임께 상태를 보이고 동네 의원으로 데려갔다. 그해 겨울 동안 계란으로 마사지하고 따뜻이 보온하려고 목도리로 눈가를 가리고 다녔다. 어느 날 동무집에 갔더니 그 애 엄마가 왜 눈을 가리고 다니냐고 해서 가리개를 젖혀 보였더니 "큰일 날 뻔했네!" 했다.

어머니가 특히 애정을 쏟은 대상은 오빠와 남동생, 막내 여동생이었다. 언니는 어머니의 친구와 같은 역할을 했던 것 같다. 또 내 밑의 밑에 소아마비에 걸린 동생에 대해서는 각별한 관심을 보였다. 그 애에게만 비타민 B1을 먹였다. 나머지 아이들은 원기소로 만족했다. 지금 어머니가 세상을 떠난 64세보다 훨씬 더 살고 보니 어머니를 더 잘 이해할 수 있게 된 것 같다.

어머니를 이해하는 첫 번째 키워드는 B형 바이러스 간염이다. 젊은 나이에 일제 시절 초등학교 교사였던 할아버지가 직장을 그만두고 병석에 눕게 된 원인이 간염 때문이었던 것 같다. 어머니가 외조부로부터 그 바이러스를 받아 언니, 오빠를 아프게 하고 남동생을 제외한 딸들 다섯 모두에게 감염되게 한 것이다. 어머니도 감염의 피해자이고 또 외조부께서도 그 피해자가 아니었을까 싶다.

어머니가 언니와 오빠를 애지중지 기르다가 또 나를 힘들게 키우는 중인데 젖 떼기 전에 동생이 임신 되자 감당하지 못하고 외할머니께 보낸 것을 이해한다. 오빠는 어머니의 특별한 애정과 관심의 대상이었다. 아들이었으니까, 그 당시 나는 아무런 불만도 없었다. 나에게는 질투심이라는 게 없었다. 어머니가 늘상 바쁘게 일을 하고 계셔서 언감생심 특별한 관심은 바라지도 않았다.

6학년 때였는데 어떻게 된 일이었는지 도시락을 못 가지고 학교에 갔다. 점심시간 되기 전 어머니가 도시락을 싸다 주어서 허겁지겁 먹었던 기억이 떠오른다. 꽤 먼 길을 막내 동생을 업고 온 것이다. 지금도 어머니의 애정이 느껴지며 감사하다.

어머니는 여느 동네 아주머니들과는 분위기가 달랐다. 물론 시간 여유 없어서 같이 어울리지 못했을 것이지만 말수도 적었고 농담 같은 것도 하지 않았다. 어머니는 시골 보통학교 6년을 수석으로 졸업하고 도지사상을 탔다고 한다. 공주사범학교를 시험 보셨으나 떨어지고 일본으로 가서 막내 이모 집에서 여학교를 다녔다. 세라복을 입고 친구들과 찍은 사진이 있다. 그 사진을 보고 내 큰며느리가 "언니세요?"라고 물었다. 멋진 여학생의 모습이었기에 설마 할머니일 거라고 생각할 수 없었는가 보았다.

외할머니가 워낙 일을 잘하고 솜씨가 좋은 데다 어머니가 학교 교사로 일했기에 무남독녀를 구태여 일을 시킬 필요가 없었나 보다. 어머니는 보통 여인네들처럼 막일을 잘하지 못했다. 애들도 여럿 되는데 어머니는 진단받은 적은 없으나 중년 이후에는 B형 간염바이러스로 더 피곤하였지 않았을까 싶다. 나도 40세 전후로 나타난 간염으로 지금까지 시달리고 있어 어머니의 상태를 유추해 본다.

어머니는 둘째인 오빠를 출산한 후 직장생활을 그만두고 집안 살림과 육아에만 매달렸다. TV를 바보상자라고 부르며 라디오 듣는 것을 더 즐겼다. 우리 어렸을 적에는 옷본을 가지고 원피스를 만들기도 하고 간단한 상의나 스커트는 만들었다. 일본풍의 색감이나 무늬가 있는 이불보나 옷감도 있었다. 아주 세련되고 감각적인 것이 지금도 기억난다.

어머니는 외조부님의 엄격한 가정교육의 반작용이었는지 우리에게는 아무것도 강제하려 하지 않았다. 어린 나이에 직장을 다니는데 월급을 얼마나 받았는지도 궁금해하지 않았다. 고등학교를 바로 전남여고로 가지 않고 3년 장학생으로 중앙여고로 갔을 때도 나 스스로 결정하였다. 결혼도 내가 선택한 것이라서 최선을 다할 수밖에 없었다. 도움이 필요하면 능력껏 도와주기는 하지만 모든 것이 나의 자유의지에 맡겼다.

우리 가족이 미국에서 들어오고 나서 다다음 해에 돌아가셨기에

효도도 제대로 못해 드려 아쉽고 그리운 마음이다. 자주 어머니가 많이 힘든 세월을 살아냈구나 하고 불현듯 생각난다.

첫 데이트

　문제는 소속감이었다. 대학입시에 실패한 것이다. 오빠가 오려다 준, 동아일보 광고란에 조그맣게 난 국회 속기사양성소 모집공고에 응시하고, 1년 수료 후 국회 속기사로 취직하였다. 딱히 회사 같은 분위기도 아니었고, 한자 공부를 하거나 원고지 쓰는 게 일이었으니까, 학교생활의 연장처럼 직장이라고 다녔다.

　그렇게 됐으면 행복해야 하는데 그걸로 만족할 수가 없었다. 몸에 맞지 않은 옷을 걸친 것 같았다. 그래서 대리만족으로 여기저기 공부하러 다니지 않았나 싶다. 퇴근 후 영어 회화 학원에 다니기도 하고 종로의 주세경 불어학원, 남산에 있는 괴테 인스투튜트(독일문화학원)에 가서 독일어 회화도 공부했다. 불어는 배운 적이 없었기에 책 읽다가 불어가 나오면 어떻게 발음해야 하는지 몰라 석 달간 불어를 배웠다. 가끔 토요일 오후가 되면 혼자 청계천 헌책방에 가서 마음에 드는 책을 한 권 사서 주말 시간을 보내는 양식으로 삼았다.

　직장 동료인 영애와 사무 보조 아가씨와 함께 가끔 덕수궁으로 점심 산책을 하기도 했으나 입장료를 내야 하니까 무료인 성공회 정원이 안성맞춤이었다. 봄부터 예쁘게 피어 있는 꽃들과 여러 식물을 감상하며 산책을 즐기기도 하고, 가을에는 우람한 은행나무가 노오란 은행잎으로 카펫을 만들어 놓아서 서로 은행잎 던지기를 하며 놀기도 하였다.

　한번은 그 아가씨 제안으로 영애와 더불어 명동의 OB'S Cabin이라는 맥주집을 가게 되었다. 양희은 송창식 등 가수들이 노래 부르는 곳이었다. 500cc를 마시고 거의 만취 상태가 되었는데 두 사람은 500cc를 한 잔씩 더 마시고도 끄떡없어서 먼저 집에 돌아왔는지 기억이 희미하다. 간신히 허겁지겁 집에 돌아왔었고 이때 마신 500cc가 향후 50년이 지났지만 최고 기록이다. 그런 추억이 있다는 것이 새삼 뿌듯하다.

이 무렵 같은 사무실의 네 살 연상 선배가 매주 수요일마다 상영하는, 경복궁 앞에 있는 프랑스문화원의 영화를 보러 가자고 했다. 여러 프랑스 예술영화를 보게 되었다. 영화가 끝나면 서대문까지 같이 산책하면서 영화 얘기를 하기도 하고 이런저런 얘기들을 나누었다.

4.19 도서관에 도착하면 그때부터 방송통신대학 초등교육학과의 공부를 시작하기에 내 공부가 끝날 때까지 책을 읽으면서 기다렸다가 같이 각자 집으로 돌아갔다. 그 선배는 일식집에서 맛있는 초밥이나 베이커리에서 빵을 잔뜩 사주기도 했다. 명동의 극장에서 같이 연극을 보기도 하고 장충동 국립극장의 음악회를 가기도 했다. 비발디4계를 연주했던 기억이 난다. 지금 생각하면 일종의 데이트였던 셈인데 그런 인식이 전혀 없었던 나는 그저 대화가 잘 통하는 선배가 친절하게 대해 주는 것으로 여겨 더 다른 생각을 못 했던 것 같다.

이 선배와 연관된 또 다른 추억이 있는데 자전거를 타고 임진각까지 갔던 일이다. 선배가 우리 집에 와서 자전거를 끌어다가 차량운행이 뜸해지는 지점에서 인계해 주어서 그 소중한 추억을 가질 수 있었다. 그때는 사무실 미혼남 직원이 여럿 참석했는데 여자는 몇

명 되지 않았다.

이 무렵 결핵성 늑막염으로 아프게 되고 우리의 데이트 아닌 데이트는 끝장나버렸다. 두 달간의 병가를 마치고 사무실에 출근했더니 그 선배는 덕수궁으로 가자고 했다. 나에게 확실한 결정을 내려 달라고 했다. 좀 흥분이 된 것 같았는데 그의 의미를 잘 알 수가 없어서 뭐라 할 말이 없었다. 어린 여고생이 자기를 좋아하는데 이런 경우 어떻게 가이드를 해야된다고 생각하는지 물었다. "어른이시니까 당연히 선도하셔야지요." 이제 생각하니 내가 눈치 없이 동문서답을 한 것 같다. 그렇지만 진심이었다.

병가로 직장을 쉬면서 건강이 최우선이라는 깨달음을 얻었다. 그리고 이번에도 오빠가 나를 '새교회'라는 곳으로 인도하였다. 그곳에서 지금의 남편을 거의 스승과 제자로 만나게 되었다. 그는 늘 공부하러 다니는 나를 격려하고 이해해 주었다. 목회자가 되겠다고 하여 도와야겠다는 마음이 들어 결혼하였다. 아이를 낳은 후 직장에 다니게 되니 비로소 직장생활이 권태롭지 않았다. 돈을 벌 목표가 생겨서일까 지루하지 않았다. 이제야 철이 든 것이다.

*당시 국회는 태평로에 있었다.

두 번째 학창시절

　1983년 7월 18일 뉴욕 JFK 공항에 거의 만삭의 몸으로 다섯 살, 세 살의 두 아들을 데리고 도착했다. 애들 아빠가 신학생으로 미국에 유학 와 3월 18일부터 시작했던 봄학기를 마치고 F-2 비자로 우리를 초청했다. 다행히 그 어렵다는 신학생의 가족 비자를 받게 되었다. 만삭의 몸이기에 비자 받으러 가는 날 연분홍 한복으로 배를 감췄다. 새벽 5시에 마침 휴가 나온 남동생을 깨워 미국 영사관 앞에 가서 줄을 서달라고 했다. 다시 잠깐 잠이 살포시 들었는데 비자를 못 받는 꿈을 꾸었다. 꿈속에서 애들과 어떻게 살아가느냐고 울부짖었다. 깨어나 보니 7시가 되어 애들을 깨워 감청색 반바지로 통일하고 둘째 윗옷은 흰색과 파란색 가로줄 무늬, 첫째는 감청색과 하얀 줄무늬로 단정하게 입혔다

　택시를 타고 가니 동생이 맨 첫 번째로 줄을 서 있다가 바통 터치를 하며 화장실 가고 싶어 혼났다고 한다. 우리 가족을 본 영사들은 아예 비자를 손에 들고 함박 미소를 지었다. 남자애들도 핸섬하고 내 옷도 예복이었기 때문인 듯하였다. 우리의 서류를 받아든 영사의 표정이 어두워졌다. 애들 아빠가 신학생이냐고 물었다. "Boys miss their father!"라고 대답했더니 마지 못해 비자를 주는 듯했다. 곁에 서 있던 한국인 직원이 집에 가서 기다리면 서류가 도착할 것이라고 했다. 많이 긴장했었는지 집에 돌아오니 두통이 생기서 오후에 다니던 교회의 환송회에 참석할 수 없었다.

비행기가 이륙하자 곧 언니가 준 푸른색 바탕에 하얀 무늬가 있는 반소매 원피스로 갈아입고 한복을 개켜 가방에 담았다. 공항에 도착하니 학장 사모님이 운전하는 스테이션 왜건을 가지고 남편이 우리를 맞이했다. 필라델피아로 가는 두어 시간 동안 고속도로 주변을 둘러보았다. 7월의 아스팔트는 뜨거운 열기를 뿜어내 풀들이 시들어가는 모습이었다.

8월 17일 셋째가 태어났다. "It was a boy!"라고 동네 신문에 실렸다. 모유 수유를 처음으로 성공해서 다행이었다. 1년 뒤 84년 가을학기부터 유학 생활이 시작되었고, 큰아들도 유치원에 입학했다. 나머지 두 애는 학교 가는 길 도중에 있는 집에 맡기고, 강의가 끝나면 데려오곤 했다. 큰애가 유치원 예비면접을 보는데 "엄마는 뭐 하시니?" 하자 "Study." 한다고 했다. 남편의 공부를 돕느라 영어 단어를 찾고 그 에세이 내용을 요약해 놓으면 주중에는 기숙사에서 살다가 주말이면 남편이 집에 와서 그 내용을 영문으로 작성해 제출했다. 그 임무를 나에게 맡기면서 그렇게 하면 내년부터 공부하는 데 도움이 될 거라고 하였다. 단어를 찾고 또 찾고 같은 페이지에서도 같은 단어를 자주 찾아야 했다. 갓난애 포함 다섯 살, 세 살 애들을 돌보느라 지치는데 밤에 잠 못 자고 영어 단어와 씨름하였다. 얼마나 힘들고 머리가 빠졌는지 샤워실 물이 배수되지 않아 배관공이 와서 머리카락을 몽땅 빼내어야 했다. 애 낳자마자 시작된 공부가 대학에서 2년, 대학원 2년을 마치기까지 계속되었다. 템플 대학원 가기 위해 토플 시험을 봐야 해 온 가족이 따라와 시험이 끝나기를 기다리고 있었던 생각이 난다.

교육학석사를 하고 귀국 후 다시 국회에서 근무하게 되자 나의 끊임없는 교육의 추구가 무슨 소용이 있었나, 괜히 잠도 못 자고 돈만 없애지 않았나 하는 자괴감도 들었다

세월이 많이 흘러 큰아들이 미국 레지던트에 합격했을 때 아이들 도우미께서 "여기 애들 아빠는 집에 오면 아이들 목욕시키고 설거지하고 언제 공부해서 시험에 합격했느냐?"고 나에게 묻길래 "그러게요." 하고 말았다. 그래서 그 말을 아들에게 전했더니 "어머니도 저희 셋 기르시면서 영어로 모든 공부를 하셨는데 저는 영어를 어머니보다 훨씬 잘하는데 그걸 못 하겠어요?" 하였다. 그 순간 나의 모든 고생이 헛되지는 않았구나 하는 생각이 들었다.

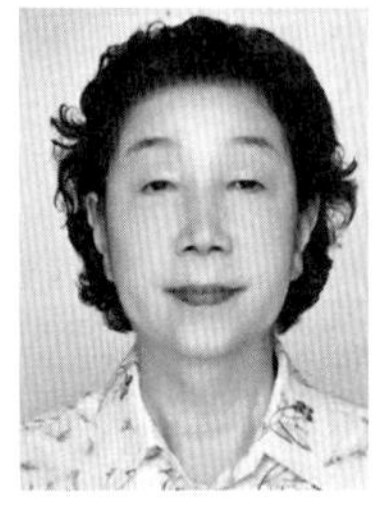

김은숙

해남 우수영 출생
미국 브린아신대학 교육학사 (B.S)
미국 템플대학교 대학원 교육학석사 (M.Ed)
국회사무처에서 정년 퇴직
번역서 《영적 잠재력을 여는길》,《우리는 영원히 살아요》,
《영원에로의 터널》

겨울에 죽으리

방민

　어느 곳에 사는가. 삶의 만족도를 좌우하는 가장 큰 요소다. 이걸 인정한다면 나는 복 받은 사람이지 싶다. 사계절이 뚜렷한 한국에 살며 그런 복을 진즉부터 누려왔다. 그 시작인 봄에 태어났으니 말이다. 천복을 누리면서도 나른하게 흐늘흐늘 올라가는 아지랑이처럼 그럴듯한 것만 생각해보지만, 호사다마란 말이 있듯 심술 난 개구쟁이가 장난감을 내팽개치듯 망가뜨리는 것도 있게 마련. 느닷없이 울리는 전화벨 소리다. 봄엔 왜 그런지 노곤해 수시로 졸린다. 다가온 노화만이 아닌 분명 봄의 심술이다. 책 읽다 졸고, 심할 때는 창 너머 꽃을 바라보다가 어느새 깜빡 잠이 든다. 봄 꿈은 개꿈이라지만 절세 미녀를 만나는 꿈이라면 언제나 오케이. 그런데 이걸 방해하는 전화는 정말로 부모를 해코지한 철천지원수보다 더 밉다. 그런 꿈은 재생도 안 되니 졸고 있을 봄엔 전화가 안 왔으면 좋겠다. 친구여, 내가 졸 때는 제발 카톡 메시지로 보내주게, 부탁하고 싶다. 받고 보면 중요하지도 않은 것, 꼭 그때 필요하지도 않은 발신자도 모르는 곳에서 오는 홍보 광고성 전화도 절대 사절. 세상 모든 이여, 정녕코 내 봄날 낮잠을 방해하지 말아달라. 봄에 바라는 건 오직 그뿐. 이것만 뺀다면 나에겐 복 받은 봄이다.

　여름이면 사람들은 바다와 산과 계곡을 찾아간다. 그런 곳에서 더위를 식히는 것도 좋지만, 나는 여름이면 꼭 하고 싶은 것보다 정말 하기 싫은 게 있다. 인기 있는 유명 작가가 아니라 쓰고 싶을 때만 노트북 펼칠 수는 없다. 원고 청탁. 수필가는 대개 그러한데 그럴 때면 피할 수 없는, 일 년에 한 번만 오는 기회라 그걸 물리칠 만용은 안 된다. 안 그래도 더위로 몸과 마음이 지쳐 가는데 책상 앞에 앉으면 그때부터 땀이 더 나온다. 엉덩이에 습기 차 땀띠까지 올라오는데, 글발까지 막히니 글 지옥, 글 한증막에 들어온 거와 다르지 않다. 이런 지경에 솜씨도 좋지 않은 판이니 형편없는 글이 나올밖에. 혹시 독자 여러분께서 제 글이 맘에 안 들면 이럴 때 쓴 글이거니 양해 바란다. 겨우 10여 매 정도 수필 한 편 쓰자고 돈 들여 시원한 외국으로 떠나거나 경치 좋은 피서지로 갈 형편은 안 되고 방 안에서 씨름할 수밖에. 에어컨 바람은 생래적으로 싫어해 그걸 이용할 생각은 없고 뻗대다 못해 선풍기에 매달려 보지만 인공 바람은 어쩐지 싫다. 혹시 이 글 읽는 잡지 편집자분 계시면 원고 청탁은 봄이나 가을로 미뤄주시길! 그렇다고 청탁 명단에서 아예 빼지는 마시고. 이럴 때는 여름을 원망하기보다 선선한 가을바람이 빨리 다가오길 기다리며 또 하루가 지나간 것을, 가을이 다가올 시간이 하루 더 당겨진 걸 복으로 여긴다.

여름이 아무리 질겨도 시간은 제 길로 흘러가고 가을은 온다. 아침 저녁으로 숲에서 선선한 바람을 보내고 앞집 건너 비탈 언덕 칠엽수에 단풍 들면, 인수봉로 은행나무 가로수가 하나둘 물든다. 가을이 오면 몇 줄 시작하다 만 초고를 꺼내 먼지 털고 탈고의 길로 걸어가고 싶다. 여름 내내 비워두다시피 한 블로그에 알찬 알밤 같은 글을 올리련다. 지난여름엔 겨우 한 편 정도만 글을 올렸다. 매주 한 편씩 쓰기로 한 올 초 다짐은 땀방울에 담겨 어디로 간 건지 모르겠다. 가을에는 못다 쓴 글을 마무리하는 것 말고도 하고 싶은 게 많다. 가을은 짧은 데 하고픈 일이 많은 건 인생 시간과 어쩌면 닮았다. 노년에 이를수록 세월은 빨리 가는데 해야 할 건 남아서 초조한 마음뿐 발길은 그에 못 미친다. 트래킹 하기 좋은 시절이라 소슬한 산길 걷다 밤도 줍고, 길가 허름한 주막에서 사발 한가득 막걸리를 들이켜도 좋겠다. 코스모스 좋아하는 아내와 한들한들 줄지어 피어 있는 길에선 지난 인생을 조곤조곤 얘기하련다. 욕심을 더 낸다면 미뤄둔 원고를 정리해 가을이 끝나기 전 수필집을 낼 수 있기를. 졸아드는 가을이지만 등불 환히 밝히고 휘영청 밝은 달 보는 복을 누리리라.

가을이 왔다고 좋아하던 때가 얼마 안 지났는데 찬 바람 몰아오며 느닷없이 기습하는 겨울. 아마도 누구나 그렇듯 겨울은 나도 싫다. 태생이 추위를 잘 견디지 못하니 겨울이 스피드 스케이트 미끄러지듯 지나가길 바랄 뿐. 반갑지 않은 손님이라 맞이하는 듯 떠나가 주면 좋겠다. 퇴직하면 따스한 남국에 가 사는 꿈을 오래전에 꾸어보기도 했다. 늘 그렇듯 꿈은 꿈으로만 남을 때 더 빛나는 게 아니든가. 꿈이 실현되면 그건 더는 이미 꿈이 아닐 테니 말이다. 남녘 살기는 꿈에만 내장하면서 겨울이 얼른 가버리길 바라지만 꼭 하고 싶은 게 하나 있다. 욕심이라 비난을 들어도 인간으로서 바랄 수 없는 불가한 거라 주제도 모른다고 비웃어도 어쩔 수 없다. 죽음만은 겨울에 맞이하고 싶다. 한 해가 끝나가는 겨울, 봄이 오기 전 이 세상과 작별하면 좋겠다. 새 생명이 움트는 봄에 죽음을 만난다면 더욱더 슬퍼 온전히 눈감을 수 있겠는가. 봄에 태어난 생명이니 사계절 인생을 살고 그 마지막 철, 겨울에 죽고 싶다는 건 어쩌면 자연스럽지 않은

가. 해서 제발 바라건대, 겨울에 죽음이 찾아오길! 마지막 복을 기대
하련다. 기쁜 마음으로!

《좋은수필》, 2022. 12, 개고)

남자 전성시대

소설가 조선작 대표작에 〈영자의 전성시대〉가 있다. 소설과 다른 결말을 보였지만 동명 영화는 70년대에 대단한 인기를 누렸다. 젊은 날 보았던 이 영화에서 다른 것은 가물가물해도, '전성시대'란 단어는 그 이후 뇌리에 깊게 박혔다. 이 소설과 영화 속 주인공인 '영자'는 역설적이게도 전성시대랄 게 없었다. 대신 고통스럽고 고단한 인생을 살았다. 전성시대란 말과 전연 딴판인 기나긴 간난의 삶을 보냈다. 허구 속 여자 삶이 그렇다 치면, 실제 남자에겐 전성시대라 말할 게 있는가? 있다면 그가 누리는 전성시대는 어떨까?

남자 전성시대는 있는 듯 마는 듯 아주 짧다. 소설 주인공 영자와 별로 다를 바 없다. 남자 전성시대는 여자를 만나 사귀고 결혼하는 얼마간이 전부다. 마음에 드는 여자와 결혼하면 그때 잠시 남자 전성시대가 열린다. 세상을 다 가진 듯 가슴에 찬 기쁨은 쉬 사라지지 않는다. 일명 이것을 일러 신혼기라 한다. 신혼기는 대개 짧다. 소위 이 신혼기가 끝나갈 때쯤이면 새로운 소식을 알게 된다. 부인의 회임이다. 이 소식은 남자 전성시대가 끝났다는 거지만 남자는 미처 그때는 알지 못한다. 곧 깨어날 신혼 꿈속에 여전히 갇혀 있기 때문이다. 그 뒤로 줄줄이 엮은 굴비처럼 고난의 행군이 시작된다는 걸 모른다. 미리 이걸 알았다면 여자를 만나지 않았을까?

즐겨 보는 '동물의 왕국'이란 티브이 프로에서 알게 된, 확인한 사실이 하나 있다. 수컷(남자)의 용도란 오로지 암컷(여자)의 후세 번식을 위한 도구로 사용되고 번식 이후는 2세 생존을 위해 존재한다는 것. 어떤 도구라도 본래 사용 목적을 이루면 사용자가 그걸 버려도 상관없잖은가. 특히 일회성 도구면 더욱 그렇다. 다시 활용할 용도라면 어디에다 치워 두었다가 쓰겠지만 한 번만 필요하면 사용 후엔 버려두기 마련이다. 연어처럼 아예 세상을 버리기도 하고, 거미처럼 암컷에게 잡아먹히기도 한다. 안 그런 수컷은 혹시나 다음에도 사용할 수 있을지 몰라 잠시 살려두고 지켜볼 뿐이다.

결혼해 자녀를 낳아서 키워본 남자라면 모두 겪었을 테다. 아내 임신 소식이 알려지면 그때부터 온통 출산일까지 남편은 뒷전이라는 걸. 거기에 입덧이라도 하면 괜히 남자는 죄인처럼 안절부절못하면서 다양한 종류 후속 서비스에 심신이 노곤하다. 그걸 시작으로 출산하여 양육이 시작되면 아이는 그 집에서 진정한 실세가 된다. 제 맘대로 시시각각 큰 소리로 울어대도, 아무 때나 어디서나 똥오줌을 갈겨도 만사 오케이다. 실세를 관리하는 아내도 호가호위로 위세가 대단하다. 전성시대가 닫힌 남자는 이를 만회하려 과거를 회상하며 밖으로 나돌기도 해본다. 그때 중대한 사고도 간혹 치며 관심을 끌어 보지만 오래 갈 수는 없다. 슬프지만 엄연한 현실을 유부남 경력자라면 실컷 겪어보지 않았던가.

과거 조상 남자들이 살던 가부장 권위 시대는 아들을 낳아야 한다면서 몇 년 간격을 두고 끊임없이 부인을 왜 회임시켰겠는가? 그건 그럴 때만이라도 예전 전성시대를 일부 회복할 수 있었다. 아무리 애들과 부인에게 밀려나도 자녀 생산을 계속하는 한 쇠락하여 쪼그라들어도 전성시대가 그나마 잠시 유지 되는 거로 착각할 수 있다.

자녀 숫자가 아니라, 아들 숫자로 그걸 유지하려고 여자를 달달 볶은 것은 그런 꾐수가 있었기 때문 아니었던가. 명목상 남자가 대를 잇고 가문을 일으킬 것이란 이유는 괜한 명분이요, 허세란 걸 알면서도 억지 물리력으로 제압하며 갖다 붙인 한 줌 조작일 뿐이다.

이제는 힘쓰는 남자가 세상 중심인 수렵 농경 시대가 아니다. 두뇌를 쓰는, 손을 주로 활용하는 시대라 남자를 선호하는 세상이 아니다. 자연스럽게 남아 중심 사회 시스템은 사라져 간다. 남아를 낳기 위해서 낳다 보니 여아도 낳는 일은 없어졌다. 남아 출산을 강요하며 그나마 남아 있던 남자 역할은 더 줄었다. 남자에겐 수컷으로서 인재 생산력이 아닌 경제 동물로서 재화 생산력만 남았다. 이건 남자만 특화된 게 아니라서 더는 전성시대를 유지할 게 사실상 없어졌다. 더욱이 하나만 낳거나 그나마 낳지도 않으니 이제 영영 남자 전성시대는 사라진 공룡처럼 인류 기억 속에만 존재할 거다. 아! 남자들이여, 안타깝지만 이 진실을 인정하고 세태를 살펴 그나마 남겨진 목숨만이라도 감사하며 웃으며 살자.

(《에세이문학》, 2023 가을호, 개고)

내비 아가씨

아가씨를 옆에 태우지 않으면 운전하기 힘들다. 태운다기보다 중앙에 정중히 모시고 다녀야만 한다. 혼자 하는 운전은 원래 재미가 없지만 이젠 반드시 그녀와 동행이 필수다. 지도만 보고 잘도 다녔었는데, 이제 초행길은 그녀 없으면 갈 수 없이 되었다. 운전 경력 30년이 넘었는데 이 무슨 조화 속이란 말인가. 이제는 나이도 들 만큼 들었는데도 이 아가씨를 대동해야 차를 몰 수 있으니 하는 말이다. 벌써 노망이 난 것이 아닌가 하면 너무 원통하지 않겠는가.

모시고 다니는 이 아가씨는 무척 상냥하기만 하다. 어느 경우에도 절대로 화를 내는 법이 없다. 몇 차례 경고음을 내면서까지 참아내고 다시 새로운 길을 가르쳐 준다. 여태껏 살면서 이렇게 친절한 아가씨는 만나본 적이 없다. 이 아가씨를 뒤늦게 초빙하기 전엔 아내가 간혹 그 역할을 맡기도 했었는데, 아내를 그 자리에서 밀어내고 확실한 위치를 점유했다. 아내도 이 아가씨를 용인하고 이런 파격 조치에 서운해하거나 질투하지 않아서 퍽 다행스럽다. 자기 역할을 대신한다고 좋아라고 하니 말이다.

아가씨 서비스를 받는데 비용도 얼마 안 들어 더욱 좋다. 모든 분야에서 최저 임금도 올라 적잖은 비용을 지불해야 하건만 이 아가씨에겐 그걸 따르지 않아도 고발을 당하거나 비난을 안 받아도 되니 얼마나 좋은가. 아가씨 서비스라고 부르니 풍기문란 범죄에 해당하는 쪽으로 생각하지 않기 바란다. 아가씨란 예쁘고 고운 단어 의미가 혼탁해져 우리 사회에선 이상한 쪽으로 쓰이니 더욱 그런 오해를 받을 수 있지만 그러지 않았으면 좋겠다. 국어사전에 나와 있는 본래 뜻 그대로 알아주면 참말 다행이겠다.

어쩌다 보니 이런 친절하고 값싼 아가씨와 동행하지 않고도 갈 수 있는 길을 두 번째 가게 되었다. 이 길은 차로 가는 게 아니라 두 다리로만 가는 곳이다. 나만이 가는 곳이 아니라 세계에서 많은 사람이 함께 걷는 길이다. 이 정도로 말하면 걷기 좋아하는 사람이면 웬만큼 눈치를 채고 알았을 거라 짐작한다. 우리나라가 아니라 외국에 있는 곳이라 사람에 따라 접근하기 다소 어려운 게 흠이라 말할 수는 있을 거다. 비용도 만만치 않아 누구에게나 권하기는 쉽지 않은 곳. 한국에서 하루 이상 시간을 들여야 갈 수 있는 스페인에 있다.

바로 산티아고 순례길 걷기다. 이 길에 관해서는 여러 방면으로 꽤 많이 알려져 새로 소개하는 것조차 새삼스럽고 유난스러운 일이라 생략하는 게 좋겠다. 다만 왜 필자는 두 번씩이나 이 길을 가게 되었는지 밝히는 것이 마땅하겠다. 처음엔 8년 전 봄에 아내와 친구와 동행해 그 길을 걸었다. 그때는 걷기에 한참 빠져있었는데 직장 동료가 그런 곳이 있다고 알려주어 호기심으로 부풀어 있었다. 마침 직장에서 그런 기회를 얻게 되었다. 그곳에 다녀올 정도 휴가를 얻을 수 있어서 용기를 내어 나섰다.

34일 동안 걸려 그 길을 무난하게 걷고 돌아왔다. 수필가로 등단한 지 얼마 안 되었던 때라 글이라도 한두 편 얻어오면 좋겠다는 생각을 품고 떠나게 되었는데, 새로운 시·공간에 있다 보니 매일 한두 편씩 글감이 쏟아져 나왔다. 스스로 놀라지 않을 수 없었다. 떠오르는 대로 부지런히 빼어놓지 않고 메모해두었다. 그곳에서 하루 일정이 힘들고 바쁜 터라 글로 다듬어 쓰기는 실상 어려웠다. 귀국해서 여러 달 주무르다 보니 책 한 권 분량이 되었다. 걸으며 틈틈이 찍은 사진을 곁들여 책으로도 출간할 수 있었다.

그때 귀국하면서 스스로 다짐한 게 있었다. 여건과 체력이 허락한다면 10년 뒤쯤 다시 한번 더 걷고 싶다는 계획이었다. 그 뒤로 무심한 강물 흐르듯 세월은 지나갔다. 그 사이 어느덧 직장에서도 물러나게 되었다. 퇴직의 숨을 쉬고 있자니 얼마 있다 세계를 떨게 한 코로나 질환이 닥쳐 왔다. 해외는 물론이고 국내 여행도 자유롭지 못한 세월이 흘러 흘러 3년이 뱀 꼬리 감추듯 후딱 지나가 버렸다. 퇴직자에겐 더욱 무료한 시간이었고 할 일 없이 공허한 나날이 연속되고 시간은 미궁 속으로 흔적 없이 잘도 묻혀버렸다.

직장 동료 중에 산티아고 순례길을 언제든 함께 가자고 여러 차례 말한 친구가 있었다. 그는 지난번 가면서 참고한 내 안내서도 빌려 가고 출간한 책도 열심히 읽으며 동행할 여건이 다가오기만을 기다렸다. 시간과 마음은 준비되었는데 코로나가 그에게만 피해 갈 리 없었다. 그는 여러 차례 이 코로나 팬데믹 상태만 지나면 같이 가자고 만날 때마다 재촉하고 졸라댔다. 그의 그런 다그침에 애초 계획한 10년 뒤 재도전은 지킬 수 없이 되었다. 조금 이른 감도 들었지만 동료 소원을 들어주기로 마음을 돌렸다.

해외여행이 다소 풀린 올해 또 떠나게 되었다. 다만 처음엔 봄에 갔으니 이번엔 다른 계절을 골라 가을에 가게 된 셈이다. 준비 차원에서 지난봄에 우선 일정을 조정해 비행기 티켓을 예매해 두었다.

가을 중에도 가장 좋은 때를 알아보기 위해서 산티아고를 아홉 번이나 다녀온 선배 수필가에게 자문한 결과 추석 지난 다음 시기가 좋다 하였지만, 이것저것 따져본 뒤에 한가위를 한 열흘 앞두고 한국을 떠나 스페인 산티아고 순례길 여행에 올랐다. 미리 성묘도 다녀와 최소한 후손 도리를 하고 나서 배낭을 둘러메었다.

　다시 걷는 처음 얼마간은 봄에 걸었던 길을 가을 풍경과 비교하면서 예상보다 더운 날씨마저 걸림돌이 되지는 않았다. 이번엔 그날그날 단상(斷想)을 한두 편씩 블로그에 올리는 것도 일정의 하나일 만큼 자연스러웠다. 하지만 세상에 순탄한 길만 연속되지 않는다는 진리를 깨우치는 덴 오래 걸리지 않았다. 20여 일이 지난 뒤부터 비와 바람이 몰아치는 날씨가 가는 길을 자주 막아섰다. 남은 10여 일을 정말 내비 아가씨가 안내해주는 대로 달리고 싶다는 마음 하나로 견뎌냈다. 그녀가 아내보다 더 그리웠다. 그 때부터 진실로 그녀를 정녕 사랑하게 되었다.

(《월간문학》, 2024. 1, 개고)

아메리칸 와이프

헤어졌다, 아메리칸 와이프와. 인천공항 출구를 나서면 지상에서 영영 미국 아내와 생이별이다. 40여 일 동안 누구보다 훌륭했고 충실한 아내. 다시 만날 기약은 없다. 아메리칸 아내와 작별은 70년 인생에서 새벽 산책길에서 발에 차이는 이슬처럼 신선한 순간들과 헤어짐, 아니다, 이제 다시 못 올 시간에 대한 돌이킬 수 없는 안녕이라 말하는 게 정직하다. 인생이란 계류 따라 흘러가는 낙엽처럼 사라지는 거라지만 여기에 한 줌 기억을 정리해 두려는 건 생에 대한 회한을 줄이고자 함은 더더욱 아니다. 오직 와이프와 함께 했던 나날을, 반짝이는 삶의 황금기로 인정하려는 거다. 아메리칸 와이프 얘기를 돌이켜 보자니 낡은 필름을 돌려 보는 것만 같다.

조금 기다렸다 먹으란다. 준비한 반찬을 다 꺼내 차린 다음에 둘이 함께 먹어야 한단다. 더덕더덕 더께로 앉은 피로를 얼른 씻어내려고 위스키 한 모금 넘겼는데 얄짤 없이 안주 한 젓가락 기다린다. 아니 그냥 날름 입안에 털어 넣으면 되지만 그가 한 말은 따르는 게 현명하다. 안 그러면 왜 그러냐고 한없이 따져오니 침대에 벌렁 누워서도 피곤이 풀리지 않고 피로가 산타모니카 해변 파도치듯 겹쳐 온다. 그런 일을 몇 차례 겪다보니 이젠 그러니 한다. 그걸 어겼다간 또 반복되는 불만 연설을 맥 놓고 들어야 하니 어찌 시도한단 말인가. 어느새 코리안 와이프가 위스키 향내가 입안에 퍼지듯 머릿속에 슬그머니 들어와 앉는다. 집에서도 그녀는 종종 그래왔다. 식사하세요, 그 말을 듣고 식탁으로 왔는데 아무것도 없다. 아니 아직 안 되었잖아요, 그렇게 말할라치면 냉장고에서 반찬 꺼내고 밥도 푸세요, 찌개가 다 끓었으니 먹으면 되요. 늘 그런 식이다. 숟갈만 들면 되는 줄 알고 식탁으로 왔는데 아직 그럴 수 없다니 불현듯 식욕이 감소했던 것이 슬그머니 떠오른다.

아메리칸 와이프는 매사 지시하길 좋아한다. 그것은 자동 반사 권총 같다. 그걸 거부하면 또 따지며 자신을 얕보는 처사라고 언성이 높아진다. 그렇게 하지 못한 나름 사정을 들어보려고 하지 않는다. 무조건 순종하는 게 차라리 마음 편하다. 그는 오랫동안 그런 식으로 살아왔다고 생각할 수밖에 없다. 안 그러면 왜 나한테도 그렇게 하겠는가. 남한테 말하고 관리하는 생활, 자신은 그게 너무 익숙해서 그런지도 의식하지 못하는 생활에서 은퇴한 지 여러 해지만 아직 그대로다. 쉽게 바꿀 수 없나 보다. 천석고황(泉石膏肓)처럼 몸에 깊이 익은 습성 아닌 병처럼 보이지만 그는 모른다. 아무도 그에 관해 지적하거나 따지지 않은 게 분명하다. 그는 초등학교 교장을 10년씩이나 근속하고 정년퇴직했다. 10년 동안 근무하면서 굳어진 상태로 재직 당시 하던 대로 하는가 보았다. 꼭 부하 직원 대하듯 나에게도 그런다. 저와 나는 대학 동기인데도 말이다. 집안 아내 역시 그렇다. 나에게 뭐라 잔소리하는 게 습관처럼 자연스럽다. 마치 초등생 담임 선생 같다. 그녀도 초등교사로 20여 년 봉직하고 퇴직했다.

출국하면서 그는 큰 가방 두 개 안에 많은 걸 담아왔다. 각종 반찬과 여행하며 쓸 도구까지 여럿 챙겨왔다. 캠핑하게 될지 모른다면서 장비도 가방 안에 담아왔다. 힘은 그가 들이고 혜택은 내가 본다. 불편을 모르고 여행했다. 배 이상 꾸려온 짐과 배려 때문임은 부처 앞에서도 맹세할 수 있다. 이런저런 상황에서 의견이 부딪는 걸 참으며 넘어가는 이유도 이 때문. 서로 살아온 세월이 일흔 해이니 오죽 다른 게 많겠는가. 다만 대학 2년을 한 공간에서 지냈다는 인연을 빼곤 특별할 게 없는 사이에 그런 보너스를 마다하기 쉽지 않다. 잠시 참으면 되니까. 마찬가지 한국 아내도 다양하게 집안 살림을 챙긴다. 장도 혼자 가서 봐오면 그걸 나르기만 하면 된다. 김치를 담글 때도 채소가 담긴 그릇을 원하는 곳으로 운반하면 맛깔나는 김치를 사시사철 먹을 수 있으니 가정 담임 교사 역할도 넘긴다. 식탁 위 김치가 더 좋으니 현명한 선택이 아닐 텐가.

그가 도로 옆 시들어가는 풀이 경기할 만큼 큰소리로 나무랐다. 지금껏 스무날 동안 겪었던 어떤 일보다 격렬하게 소릴 질렀다. 나이아가라 길이쯤 반성하는 자세로 차를 모는데 그가 옆자리에서 폭포수 흥분을 가라앉히지 못하더니 운전석에서 내리란다. 아찔한 순간은 지났고 비난과 화를 받아냈더니 문제의 원인이었던 잠도 이미 바퀴 아래 땅속 깊이 파묻혀 버렸는데도…. 달리 반박하거나 항의할 수도 없으니 급히 빈터에 차를 세운다. 아무런 대꾸도 못 하고 그 말대로 따랐다. 변명할 여지가 없는 실수니 그럴밖에. 60 마일(96킬로) 이상으로 달리는 텍사스 도로에서 졸음 운전했으니, 그도 졸다가 후다닥 깨어 핸들을 잡아주지 않았다면 상상조차 두려운 일로 우리의 미국 종횡단 로드트립도 모래 바위처럼 부서졌을 테니까. 다행히 한적한 도로라 앞뒤에 오가는 차량이 없었다. 직선 도로인데 차도 옆도 잡풀이 졸고 있는 황무지라 차로 이탈만으로 끝날 수 있었다. 그야말로 천우신조라 할 밖에. 우리 무사 여행을 누가 어디선가 간절하게 기도하는 덕이 아닐까 추정할밖에 없지 않은가.

오전에 대개는 커피 한 잔을 마신다. 그 뒤엔 참는다. 밤잠을 자는데 방해되기 때문, 수십 년간 이어온 습관인 이것마저 존중해주지 않는다. 도로를 달리다 적당한 공원을 찾아 자리 펴고 컵라면을 먹거나 햇반으로 점심을 먹는다. 그럴 때면 그는 커피를 타곤 마시라 그런다. 안 마신다 그러면 맛있다느니 특별히 너만 준다느니 해가며 커피를 마시도록 강권을 넘어 협박까지 서슴지 않는다. 다음엔 절대 너한테 커피를 안 타준다고, 할 수 없이 조금만 마신다. 그런 식으로 사소한 갈등은 뉴욕 민박집에 머무르는 둘째 날부터였다. 휴대폰에 저장된 사진을 전송하는 문제로 부딪쳤다. 그에게 익숙한 방식과 내 방식이 다른데 그것을 용납하지 않더니 그는 폭발해 급히 선언했다. 오늘은 따로 다니자고, 방 밖으로 나갔다 다가와선 같이 가는 게 어떠냐고 물었다. 이걸 기점으로 티끌만한 것들이 모였다간 흩어지곤 하다 보니 귀국행 비행기에 오르게 되었다.

아내하고 결혼하고 얼마 안 지나 다툼이 시작되었다. 양치하는 것부터 서로 달랐다. 남녀 차이를 인정한다고 해도 많이 어긋났다. 30년 서로 다른 환경에서 살아왔으니 일치하는 게 있다면 그게 오히려 이상할 정도. 그땐 몰랐다. 사랑이라는 게 둘 사이에 남아 서로 틀어졌다가도 얼마 뒤 풀어졌다. 아내가 임신하면서 조금씩 다투는 횟수가 줄었다. 신도시에 아파트를 분양받았을 때는 따로 떨어져 살아야 했다. 교사인 아내는 아이들 양육과 출퇴근 때문에 처가로 들어갔고, 나만 홀로 아파트를 지키느라 경기도에 살아야만 했다. 주말에 만날 수 있는데 밀린 회포를 풀기보다 다투는 경우가 더 잦았다. 일주일 격리로 상호 기대하는 것과 생각하는 것이 다르고 다시 그걸 풀 새 없이 또 한 주를 기다려야 했다. 마침내 서로 헤어지자는 얘기까지 오갔다. 이렇게 옥신각신하다가 처가 근처에 셋방을 구하면서 갈등이 한 뼘씩 줄어 갔다. 결혼하고 십 년쯤 지났을 때였다. 비로소 둘이 같은 곳을 바라보면서 나아갈 수 있었다. 그 후로 40여 년 부부로 살아왔다.

사람을 제대로 알아보려면 함께 여행을 해보라는 말이 있다. 대학 동기와 함께 여행하면서 비로소 실감한 말이다. 그도 나를, 나도 그를 모르면서 40여 일간 미국 로드트립을 감행한 무모함이 출국한 지 사흘도 안 지나서 뼛속으로 사무쳐왔다. 그를 제대로 알아보자고 함께 여행에 나선 것은 아니나, 그건 무지와 만용의 합작품이었다. 아니 어쩌자고 그랬던가. 미대륙을 자동차로 횡단하고픈 욕망이 컸기 때문일 것. 욕망이 죄를 낳는다는, 성경 말씀 그대로였다. 미국 땅을 뉴욕에서 마이애미, 라스베가스, 샌프란시스코를 거쳐 로스앤젤스로 가는 길에서도 갈등과 봉합 상황은 결혼 생활과 많이 닮았다. 40여 일간 여행하며 다툼은 한 톨씩 줄어가며 웃는 낯으로 끝났다. 1만 킬로미터를 달려오는데 그가 없었다면 단 1킬로미터도 전진할 수 없었다. 40여 년 인생도 아내 없이는 생각할 수 없는 것처럼 그가 없는 미국 여행도 불가능했다는 것. 어찌 그를 아메리칸 와이프라 명명하지 않을 수 있단 말인가. 진정, 아내가 둘이라 행복하다.

비평문을 쓰다 보니

아는 분한테 전화가 왔다. 잡지사 카페에 올린 수필집 비평문을 내려달라는 부탁이다. 다른 사람과도 같은 일로 통화한 뒤 얼마 뒤였다. 그전에 해당 작가가 평문에 대해 불만스러운 항의도 하면서 유사한 청탁 메일을 보내왔다. 그럴 수 없다는 답변을 상세히 써 보냈는데, 다른 방식으로 요청이 또 온 것이다.

수필가로 등단하면서 비평을 쓰지 않겠다고 작정했다. 순수 독자로만 수필을 읽겠다는 생각이었다. 등단 잡지는 전 호에 실은 작품을 수필가 독자가 10편씩 고르는 난이 있다. 나름대로 기준을 세워 읽고서 10편을 선정해 보냈는데, 겹치기도 하지만 전혀 엉뚱한 작품이 선정된 것을 보고 내심 놀랐다. 도대체 이해할 수 없는 선정이라서 그때부터 나름 기준을 세워 10편을 선정하고 그 사유를 써 카페에 올리기 시작했다. 종래 다짐을 벗어나 다시 비평을 시작한 연유다.

그러다 조금 더 발전해 수필 전반에 관해서 또는 수필가 수필집을 읽고 써 카페에 발표하고 이런 글을 묶어 책으로도 펴냈다. 그렇게 하면서 주로 수필가로 활동하지만, 틈틈이 평론을 써서 수필 잡지나 개인 블로그, 잡지 카페에 올리며 우리 수필 문학에 나름 적응했다. 그뿐만 아니라 수필가를 양성하는 데도 관심을 두고, 전직 교수였기에 연계하여 창작 교습까지 했다. 수필 쓰고 비평하며 수필 쓰기 훈수 두는 일을 함께하는 셈이다.

수필 비평을 쓰는 초창기에는 가능하면 글에서 좋은 것만을 보고, 또 그렇게 쓰려고 애썼다. 그러다 보니 일부 주례사 비평을 쓰기도 했다. 그런 글에 대해 일정 원고료를 받기도 했다. 또는 해당 작가한 테 술대접도 조촐하지만 받기도 했다. 그런데 자기 글을 잘 써주었 다고 술을 샀던 분도, 다른 글을 편집하다 실수한 것을 꼬투리 삼아 수용할 수 없는 요구를 하기도 했다. 비평문 원고료를 주었던 분은 인터넷에서 볼 수 있는 자기 글에 대한 평문을 빼달라고, 깊은 밤 술 에 취한 목소리로 험한 말까지 하며 거의 협박하다시피 몰아대기도 했다.

비평문을 주로 쓴 이어령도 작가에게 반박받고서 직접 소설을 쓰 기도 했다. 작품을 쓰지도 못하면서 불만스럽게 생각하는 비평문을 썼다고 작가에게 항의를 받은 뒤였다고 전해온다. 〈장군의 수염〉 이 그래서 세상에 나온 것으로 알고 있다. 또 어느 시인은 비평가에 게 전화로 악담을 퍼부었다는 말을 듣기도 했다. 작가나 작품에 비 판적 평필(評筆)을 들이댄 비평가가 받는 특별한 경우 압박이지만, 작가와 비평가 사이 갈등의 한 단면이기도 하다. 수필 창작과 비평 을 겸하는 필자이지만 사정은 별달리 다르지 않다.

고래도 칭찬하면 뛴다는 말이 있다. 여느 사람도 마찬가지다. 좋다 고 얘기하면 반색하다가 조금이라도 문제 단면을 거론하면 싫어한 다. 인지상정이라 생각한다. 그런데 작가는 이와 달라야 한다. 자기 글에 대한 자부심은 좋지만 얼마든지 다른 생각을 포용할 수 있어야 한다. 어찌 모두 좋고, 모두 나쁠 수 있는가, 사람에 따라 호오(好惡) 는 있을 수 있고, 그에 대한 다른 의견도 있을 만하다. 그 비판이 작가 명예를 훼손(형사 범죄이니 당연히 그러면 안 된다.)하는 게 아니라면 수용하거나 견뎌내야 한다.

비평하는 작품은 아무거나 고르지 않는다. 언급할 만한 것, 소위 문학적 가치가 있는 작품을 고른다. 잘 쓰든 못 썼던 제 몫의 가치가 있는 작가와 글이다. 제대로 된 비평가라면 비난만 하려고 글을 선택하지 않는다. 비교적 잘 쓴 작품을 골라 그것의 가치를 밝히는 일과 마찬가지로 문제가 보여 그 점을 비판하는 것도, 그 작가 개인을 탓하고 비난하려고 하는 게 아니다. 잘못된 방향으로 가거나 함께 살펴야 할 문학적 중요 문제를 대표하는 사례를 지적하고 그것을 개선하려는 것이다. 말하자면 한 작가의 문제점도 나름의 문학 전반의 보편적 대표성이 있다. 일종의 전형성 관점으로 택한 것이다.

비평은 전문 독자로서 일반 독자가 미처 읽어내지 못한 장단점을 객관 근거와 논리에 의지해 독자에게 안내하고 설득하는 일이다. 문학 생산 작가와 소비 독자를 이어주는 중개자 역할로 모두에게 득이 되길 바라는 마음에서 비롯한다. 그런데 이런 분란이 이어지면 결국 작가와 독자 모두에게 손실이 될 것이다. 둘 다 도움이 안 되는 주례사 비평만을 원한다면, 언제 우리나라에서 노벨문학상을 받는 작가가 나올 수 있겠는가. 원고료란 명목으로 작가에게 찬사만 주로 늘어놓는 주례사 비평문을 사고파는 일은 결단코 바람직하지 않다.

내 경우는 수필보다 수필 비평문 쓰는 것이 훨씬 더 많은 노력과 고민을 동반한다. 비교하자면 수필은 주관에서 편안히 집필한다면, 수필 평은 객관성을 지향해야 하므로 충분한 구체적 근거와 합당한 논리를 갖추지 않으면 안 된다. 둘을 겸하는 필자에게는 비평이 한

층 더 심한 중노동이다. 그것은 글의 분량이나 들이는 시간, 심적 스트레스 등 모든 면에서 더욱 강도 높은 일이다. 그동안 수필집은 6권을 냈는데, 평론집은 겨우 한 권 내고 이제 두 권째를 기획하는 것에서도 명확하게 드러난다.

세상 모든 것에는 양면성이 있다. 글을 쓰는 자가 있으면 읽는 자도 있어야 한다. 날개가 둘이 있어야 새도 하늘을 날 수 있듯, 작가와 비평가는 상생하는 존재다. 이와 마찬가지로 찬사와 비판도 공존해야 한다. 특정 주례사처럼 찬양만 늘어놓는 비평을 좋아하면, 그렇지 못한 비평은 사라질 것이며 결국 이것은 작가와 독자 모두에게 해가 될 것이다. 둘을 겸하는 필자에겐 양자를 만족시킬 수 있는 묘책은 아직 제대로 못 찾고 있다. 앞으로는 어찌해야만 좋을지 고민이 적지 않다. 언제쯤 즐겁게 비평을 할 수 있을지 그때를 기다린다.

방민

서울교대 명예교수, 문학평론가, 문학박사
《에세이문학》 등단(2013)
수필집 《우이천송가》 외. 수필창작론 《수필, 제대로 쓰려면》, 산문집 《순우리말은 없다》, 평론집 《방민이 읽은 수필가 20人》외, 한국문협 회원

어떤 설렘

신동임

주로 작업하는 공동작업실이 있다. 구에서 운영하는 곳이다. 나처럼 개인 작업장이 없는 사람들을 위한 성북스마트패션지원센터다. 온갖 봉재용 기계들이 구비되어있고 개원 초창기에는 사용자가 많지 않아 개인들에게도 개방했었다. 그 곳에 70대 초 곱고 강단 있는 분이 있었다. 젊은 시절 의류업에 종사하였고 미국에서 결혼생활을 하다 혼자 한국에 나와서 지내는 분이다. 어느 날 내가 하는 무대의상 작업을 지켜보다가 진지하게 말을 건넸다. 내가 하는 작업을 돕고 싶다고.

작업이 특수한 일이라 아무나와 같이 작업을 할 수는 없지만 그분이라면 함께 작업해도 좋겠다 싶었다. 하여 작년에 창작오페라 두 편의 무대의상 작업을 같이 했다. 그 분은 나이를 앞세우는 법이 없고 어린 친구들 대하는 데에도 공손하고 예를 갖추었다. 같이 작업하는 팀원들도 모두 좋아했다. 작업 내내 얼마나 즐거웠는지. 한 사람 보다는 두 사람이 두 사람 보다는 세 사람이 머리를 맞대니 결과가 더 좋았다. 그 후로 우리는 그 분을 왕언니라 불렀다.

작업이 없을 때도 가끔씩 만나서 밥도 먹고 차도 마셨다. 내가 한가할 때면 집 근처 도서관에서 사는 모습을 보고 자극을 받아 왕언니도 의정부 음악도서관에 다니기 시작했다며 좋아했다. 지난 5월 내가 갑자기 영국에 가는 바람에 미처 연락을 못 했었다. 해서 돌아오자마자 제일 먼저 문자를 드렸다. 이만저만 하여 영국에 다녀오느라 그동안 연락을 못했노라고. 왕언니가 반색을 하며 꼭 할 말이 있다면서 빨리 만나자고 재촉했다. 무슨 일이길래 평소에 침착하던 분이 서둘러 만나자고 할까 궁금해서 바로 만났다.

세계적으로 유명한 건축가가 설계한 교육 관련 회사의 사옥 앞에서 만났다. 높지 않은 세 개의 건물 하나 하나가 작품이었다. 왕언니는 세 개의 건물 중 아직 개관하지 않은 미술관 건물 앞에서 환하게 웃고 있었다. 엘리베이터를 타고 미술관 3층 사무실로 올라가니 사방이 탁 트인 통 창으로 주변의 낮은 건물들 지붕이 보이고 멀리 북한산이 한눈에 들어왔다. 아름다운 사무실이었다. 왕언니가 그곳에서 일을 하고 있었다. 영국에서 맛보던 애프터눈티 타임처럼 우아하게 차를 마셨다.

왕언니는 평소에도 그림을 좋아해서 지인인 화가가 전시회를 준비할 때면 그분의 전시 일을 돕는 일을 해왔었다. 그 작가가 건물 미술관 개관 초대전을 하기로 했던 것이다. 그래서 미술관의 기획 미팅에 따라갔는데 초대미술관장인 40대 관장이 왕언니의 포스에 반해서 미술관 매니저 겸 기획실장 자리를 제안한 것이다. 내가 영국에 가 있던 동안 왕언니에게 이렇게 좋은 일이 생긴 것이다. 젊은 관장이 왕언니를 선택한 것은 너무도 당연한 일이었다. 그녀는 그 자리에 꼭 맞는 재원이었다.

젊은 관장과 70대의 매니저겸 기획실장. 관장은 모든 일의 진행 사항을 이야기하고 늘 조언을 구하고 있었다. 영화 〈인턴〉의 로버트 드 니로가 생각나는 순간이었다. 정작 40대 관장에게 난리가 났단다. 미술 관련 전공자 중 일 잘하는 젊은 사람들이 얼마나 많은데 70

대 할머니를 고용했느냐고. 그래서 관장의 지인들이 궁금해서 왕언니를 보려고 많이들 다녀갔다고 했다. 특히 제일 반대를 했던 관장의 부모님이 와서 보고는 고개를 끄덕이고 갔노라고 말하면서 웃는 왕언니.

무슨 일이든지 끝날 때까지 끝난 게 아니다. 죽을 때까지 한치 앞도 알 수 없는 게 인생이다. 평소에 자기 자신을 보석처럼 갈고 닦으면 누군가는 그 보석을 발견하게 마련이다. 낭중지추. 왕언니처럼 내가 생각하지 못한 어떤 뜻밖의 좋은 일이 찾아올 수도 있겠다는 희망이 가슴에 일렁일렁 몰려들었다. 그 순간이 왔을 때 감당할 수 있으려면 우선 건강이 가장 중요하겠다. 그리고 총명함을 잃지 않는 하루하루를 살아가야겠다. 왕언니의 멋진 사무실에 앉아 있으니 나의 70대가 80대가 설렘으로 기다려진다.

고향이라는 것

어릴 때 방학 때면 친구들이 시골 외가에 다녀오는 것이 참 부러웠다. 시골에서 까맣게 탄 모습으로 새 옷을 입고 돌아온 친구들 손에는 옥수수와 감자, 잘 못 보던 사탕이 들려있기도 했다. 서울에서 나고 자랐고 외가도 친가도 다 서울이어서 방학이면 하루 이틀 이모네 고모네 다녀오는 것이 전부이었던 시절. 나에게는 고향이라는 생각이 아에 없었다. 시골에 다녀온 친구들을 보면서 처음부터 없던 고향은 상실감을 주었다.

어느 날 문득 서울에서 나고 자란 동네가 내 고향이 아닐까 하는 생각이 들었다. 그래서 서대문 네거리를 걸어보았다. 서대문 네거리에 있던 극장들, 전매청 건물, 내가 다니던 미동초등학교 옆 한옥마을과 기찻길. 기찻길 옆 낮은 개울. 개울 건너 이명래 고약집. 온 가족이 정장을 차려입고 그 당시 전 국민의 가슴을 울렸던 영화 〈미워도 다시 한번〉, 〈저 하늘에도 슬픔이〉를 보러 갔던 화양극장은 사라졌다.

찻길보다 낮게 자리 잡았던 한옥마을은 거대한 빌딩 아래로 사라졌고 동네 아이들이 늘 모여서 놀던 골목도 같이 사라졌다. 서울역에서 문산으로 가는 기찻길은 여전히 있었지만 그 옆 개울도 콘크리트 아래로 사라졌다. 길 건너 경기대학교와 라사라양재학원과 그 옆에 있던 빵집. 골목에서 놀다가 우리 집에 놀러 왔던 이종사촌 언니의 손에 이끌려 가본 빵집. 언니가 사주었던 단팥빵과 따뜻하게 데운 하얀 우유. 우유가 담긴 하얀 사기컵에 꾀죄죄한 손때가 묻나 창피했던 기억.

그때 옆구리에 문화촌국민주택이라는 표시가 달린 마을버스가 눈에 들어왔다. 내가 초등학교 3학년 때 집이 망하고 갑자기 이사 가야 했던 홍은동 달동네. 그 꼭대기 문화촌국민주택까지 마을버스가 가다니. 부지런히 버스정류장으로 걸어가 그 버스를 탔다. 어릴 적에 그렇게 가팔라 보이던 달동네가 그리 높지 않았다. 어린 걸음으로 30분씩 걸어 다니던 산동네를 시원한 마을버스가 순식간에 데려다주었다.

국민주택은 여전히 변함없이 높은 축대 위에 옹기종기 모여있었다. 높은 계단 중간쯤 우리 집이었다. 우리 집은 찾기 쉬웠다. 그 동네에서 유일하게 우물이 있었던 집이었기에. 계단에 올라가 집 담장 안을 넘겨다 보았다. 어릴 때 그렇게 넓어 보이던 정원이 좁아 보였다. 울타리에 빙 둘러 자란 나무들이 훌쩍 큰 탓인지 내가 더 이상 어린아이가 아니어서인지.

집들은 개별적으로 약간 씩 증축을 하거나 고친 흔적을 지니고 있어 마치 경기도 어디 신흥 전원주택단지 같아 보였다. 서울이고 뒤에 숲을 끼고 있고 6, 70평 정도의 대지를 지닌 집들은 서울 외곽으로 나갈 필요 없는 훌륭한 전원주택단지였다. 작고 귀여운 마을버스가 지하철역까지 데려다 주기까지 하니 교통편도 주거환경도 나무랄 데 없는 동네였다.

우리도 이사 가지 않고 계속 살았다면 어느 날에는 수도도 들어와 물장수에게 물을 사 먹거나 우물을 길을 필요가 없었을 것이다. 차츰차츰 도시가스도 들어오고 마을버스도 다니고, 나지막한 담장을 빙 둘러섰던 감나무 매화나무 대추나무 황매화 만개한 꽃 울타리가 봄을 알렸을 것이다. 가을이면 붉게 대추가 익어가고 감나무 가지에는 주먹만 한 감도 주렁주렁 달려있어 수확의 기쁨도 주었겠지.

어릴 때 살던 집들의 추억을 기억하며 상도동 집도 가보았다. 동네는 온통 아파트 촌이 되어있었고 우리 집은 어린이집이 차지하고 있었다. 나에게 고향이라는 존재감이 희미했던 집들. 한동네에 오래 살 수 없어 불안정한 시절을 건너는 동안 내가 자랐던 어느 집은 사라지기도 했고 여전히 남아있기도 했다. 남아있는 집들도 어느 날 재개발 붐이 일어 사라질 수도 있을 것이다.

그렇다면 결혼 후 이런저런 이유로 여러 번 이사를 해야 했던 우리 아이들도 나처럼 심리적 안정감을 주는 고향이라는 존재는 크게 없을 것이다. 추억을 밀어버리는 서울이라는 대도시. 그 속에서 나고 자란 나에 이어 우리 아이들에게도 고향은 기억 속에 만 존재하는 곳이 되어있겠지. 다른 무엇보다 아이들에게 고향이라는 안정감을 주지 못해 미안한 마음이 든다. 고향, 그리운 옛 추억을 간직한 고향이라는 마음의 안식처.

이제라도 다시는 이사 가지 않고 한 자리에서 오래 살 방안을 생각할까. 아니면 딱 한번 더 이사를 하면서 산 좋고 물 좋고 아이들이 자주 올 만한 거리의 전원주택을 알아볼까. 어떤 집이든 집 안팎을 쓸고 닦으며 정을 들이고 언제든 아이들이 오면 해줄 맛난 식재료들을 쟁여두어야겠다. 무엇보다 아이들 걱정하지 않게 내 할 일을 꾸준히 해가면서 건강한 노년을 유지하는 일도 소홀히 하지 않아야 할 것이다. 아이들 마음속의 고향은 언제나 '나'일 테니까.

아파트와 꽃바구니

아침에 엘리베이터를 타니 좁은 엘리베이터 안에 가득 차 있던 꽃향기가 밤새 잘 잤냐고 인사하듯 반겼다. 벽에는 내가 어제저녁 써 붙였던 메모가 잘 붙어있었고 주변에 고운 색을 머금은 포스트잇 세 개가 붙어있었다.

　- 엘리베이터 탈 때마다 꽃향기에 기분이 좋아요 고맙습니다.-

　- 좋은 일이시라니 축하드려요. 꽃향기 나눠주서서 감사해요.-

　- 이제 7개월 된 우리 아기가 꽃만 보면 좋아하며 웃어요. 고맙습니다.-

꽃향기를 함께 맡고 싶어 엘리베이터에 꽃바구니를 놓은 내 마음이 응원을 받은 것 같아 울컥 고마웠다.

이태리에서 공부한 큰딸이 귀국해서 오페라연출로 데뷔했다. 공연 내내 많은 꽃바구니와 난 화분을 받았다. 극장 로비는 아름다운 꽃향기로 그득했다. 큰딸의 첫걸음을 축하해 주는 따스한 마음들이었다. 성황리에 공연이 끝난 후 감사한 마음으로 꽃들을 집으로 데려왔다. 그런데 단독주택에 살 때는 문제가 되지 않았으나 아파트로 이사 오니 버리는 일은 나중이고 그 많은 꽃을 집 안에 두면 꽃향기에 질식할 것 같았다.

이 꽃들을 우리 동 주민들과 함께 본다면 좋지 않을까? 하는 생각이 머리를 스쳐갔다. 먼저 난 화분 두 개를 엘리베이터 양쪽 구석에 두고 가운데에 꽃바구니들을 나란히 놓았다. 그리고 얼른 집으로 들어가서 쪽지를 썼다. 〈505호입니다. 저희가 좋은 일로 꽃 선물을 많이 받아서 여러분들과 함께 꽃을 보려고 엘리베이터에 두었어요. 꽃은 일주일 뒤에 시드는 순서대로 치우겠습니다. 혹시 큰 짐이 드나들거나 해서 방해가 되면 꽃들을 5층에 내려놔주시면 제가 치우겠습니다. 〉

엘리베이터 안의 쪽지가 날마다 늘었다. 감사와 축하하는 마음, 아파트에 살면서 처음 느낀 이런 뜻밖의 경험이 얼마나 큰 기쁨을 주었는지에 대한 소감이었다. 20층 아파트 40 가구 한마을이 전부 좋아해 주니 그런 결정을 한 내가 기특하고 흐뭇했다.

일주일 후 시든 꽃부터 차례차례 치웠다. 평소에 꽃다발이나 꽃바구니를 정리했을 때보다 훨씬 기껍게 즐거운 마음으로. 그런데 문제는 난 화분이었다. 내가 제일 못하는 일이 식물 키우는 일이기 때문이었다. 엘리베이터에 붙어있던 쪽지들은 기념으로 간직하려고 뗀 후 다시 쪽지를 썼다.

〈난 화분 잘 키워주실 분 계시면 몇 호에서 가져갔는지 만 알려주시고 가져가 주세요. 제가 식물 키우는 일을 잘 못하거든요. 〉

-14층입니다. 저희 아버지가 편찮으신데요. 엘리베이터 타고 꽃을 보시면 좋다고 웃으셨어요. 저희가 잘 키울게요. -

-앞집입니다. 제가 잘 키울게요. 난을 좋아하거든요. -

난 화분도 애정 어린 손길로 잘 돌봐줄 좋은 주인을 찾아갔다.

엘리베이터 안은 희미하게 꽃향기를 머금은 채 언제 그랬느냐는 듯 말없이 오르락내리락 제 할 일을 했다.

아파트에 이사 오니 다양한 연령대의 주민들 사이에서 서로 아는 체할 필요도 없고 아파트가 주는 편리함만 누리면 되었다. 엘리베이터를 탈 때면 주민들이 동시에 다 같이 타지는 않는다. 함께 타는 사람들이 있어도 멀뚱멀뚱 앞에 탄 사람 뒤통수만 바라보거나 허공에 시선을 두었었다. 익명성을 보장받는 아파트라는 공간이 주는 장점이 엘리베이터 안에서도 보장되었다.

그런데 엘리베이터에 여러 사람이 탔을 때 내가 5층을 누르면 사람들이 웃으며 인사했다. 나도 웃음으로 인사를 대신하면서 내릴 때 "올라가세요." 하고 인사했다. 서로 잘 모르는 이웃들이 웃으며 인사하는 모습이 싫지 않았다. 오히려 따스하고 신선했다.

그동안 꽃바구니와 난 화분을 받을 때마다 고마운 마음에 앞서 나중에 그 꽃 처리할 걱정을 먼저 했었다. 그런데 그 일을 계기로 꽃향기를 40 가구가 함께 즐길 수 있다는 생각에 행복하게 꽃바구니를 안고 돌아온다. '슬픈 일은 나누면 반으로 줄고 좋은 일은 나누면 그 기쁨이 배가 된다'는 격언처럼 꽃향기를 나누니 그 향기가 한마을 전체를 감쌌다.

꽃이 시들고 나서 꽃바구니의 처리가 늘 걱정이었는데 잠시나마 이웃들을 행복하게 했던 꽃바구니를 해체하는 일도 즐겁다. 꽃집에서 누군가를 축하하는 마음으로 꽃을 고르는 손길, 정성껏 포장했을 마음을 기억하면서 리본을 풀고 비닐을 벗긴다. 시들어 더 짙어진 꽃향기를 맡으며.

(《에세이문학》, 2025 여름호, 개고)

어버이날 집밥

틱틱틱... 현관문 여는 소리가 난다. 작은딸이 카네이션을 들고 들어온다.

"저녁에 막내랑 아빠랑 다 같이 저녁 먹기로 했는데 뭘 집으로 와?"
모처럼 만난 딸아이가 반가운 마음에 현관까지 달려 나가 카네이션을 받아 들면서 내가 하는 공연한 말이다.

"그건 저녁이고 오늘 엄마랑 같이 있으려고 재택근무 신청했어."
언제나 나를 먼저 생각하는 둘째의 마음. 꽃병에 카네이션을 꽂아 식탁에 올려놓는다.

며칠 전 모처럼 장을 봤다. 아이들이 분가한 후 남편과 둘만 있으니 반찬에 소홀했다. 재래시장에 들어서니 초입에 있는 꽃집에는 온통 카네이션 꽃다발로 환했다. 곧 어버이날이구나. 시장 안 가게들은 잊고 있던 음식들로 눈을 붙들었다. 봄이면 엄마가 해주었던 쑥버무리 쑥개떡이 손짓하는 떡집. 난전에 펼쳐진 두릅 미나리 비름나물 호박잎 달래도 한 움큼 샀다. 연한 햇마늘종은 마른 새우를 넣고 볶아야지.

찌고 볶고 설레는 마음으로 밥을 안쳤다. 무 나박나박 썰어 소고기 뭇국을 끓였다. 애호박 얇게 썰어 밀가루 묻히고 계란물 씌워 애호박 전 부치고 미나리 데쳐 소금 간에 참기름 듬뿍, 비름나물은 시어머니 맛 된장으로 조물조물. 호박잎쌈을 위해 된장과 고추장에 마늘 다져 넣고 쌈장도 만들었다. 두릅과 돌나물은 초고추장이 제격이지.

밥 차려드릴 부모님들 안 계시니 엄마 맛 나는 식탁을 딸을 위해 차렸다.

묵은 김장 김치를 물에 담가놓고 열무김치와 깍두기를 담기 잘했다. 갓 결혼한 아이가 아침인들 제대로 해 먹고 다닐까 싶어 깃 지은 밥, 손이 많이 가는 반찬들로 서둘러 준비했다.

"새 밥에 소고기뭇국이면 진리지!" 행복해하는 딸 앞에 자꾸 접시를 들이밀어 준다. 먹어본 기억은 있지만 손수 해 볼 엄두가 나지 않았던 반찬들.

"음 너무 맛있어!" 딸이 콧노래를 부르며 맛있게 먹는다.

"이런 반찬 오랜만이지?"

오래전 우리가 어버이날 찾아가면 어머니가 한 상 가득 음식 만들어 기다리던 어머니 마음이 오늘의 내 마음 같았겠구나. 당신 밥 먹고 큰 자식들 당신 밥 먹이고 싶은 마음. 어디 가서 돈 주고도 먹을 수 없는 어머니 만의 손맛이 깃든 반찬을 며칠 굶은 것 처럼 게걸스럽게 먹곤 했었다. 어머니 앞이라 창피한 마음은 들지 않았지만 빈 접시들 만 남은 상을 보며 계면쩍게 웃었었다.

아이가 제 방에 들어가 노트북을 켜고 근무하는 동안 딸기를 씻어 갖다준다. 커피콩을 간다. 딸이 사준 커피 도구들이 모처럼 제 할 일을 한다. 커피 향이 집안 가득 퍼지면서 음식 냄새를 몰아낸다. 딸 꺼 한잔 먼저 내려 딸의 책상 옆에 갖다 두고 내 꺼 한잔 내려 거실에서 커피를 마신다. 결혼해 분가한 딸이 제 방에 있으니 아이 결혼 전으로 돌아간 것 같다. 코로나가 기승을 부렸던 그 때도 딸아이는 저렇게 재택근무를 하고 나는 방해될까 조용히 거실에 앉아 있었던 생각이 나 웃는다.

어버이날이면 언제든 달려가 엄마 무릎 베고 뒹굴거리던 친정도 그립고, 솜씨 좋은 시어머니 음식도 그립다. 장 볼 때마다 곁에 있는 것 같았던 엄마. 맛있는 음식을 볼 때마다 식탁 건너편에 앉아 너 이것 좋아하지? 너 좋아하는 동부 속 넣은 송편이야. 반찬들을 내 앞으로 들이밀어 주던 시어머니가 눈에 선했다. 내가 만든 반찬들은 나 혼자 한 것이 아니었다. 엄마와 시어머니가 곁에서 응원과 코치를 해주었다.

어버이날 내 손으로 새 밥 지어 드릴 부모님 없으니 나를 엄마로 만들어준 딸내미를 위해 밥을 했다. 그 덕에 나도 엄마가 만들어준 것 같은 제철 음식을 먹었다. 딸아이 앞으로 부모님을 향한 그리움이 담긴 접시들을 들이밀어 주면서. 식탁 위에 꽂아놓은 카네이션이 환하게 웃으며 우리 모녀를 내려다보고 있는 어버이날 집밥.

언니 이야기

다섯 살 위인 언니가 있다. 할아버지 아버지 삼촌 넷 한국전쟁에 미망인이 된 고모네 오빠 둘 친오빠 넷. 남자만 12명인 집안에서 태어난 딸. 수시로 드나드는 삼촌 오빠들의 친구들까지 많은 사람들의 사랑을 받았다. 할아버지는 땅에서 내려놓지 않으셨다. 그리고 엄마는 다시 아들 둘을 봤는데 중간에 잃었다. 그 다음 엄마 나이 마흔에 나를 낳았다. 언니 외로울까봐.

언니는 생긴 것도 예쁘고 귀하게 자랐다. 내가 언니의 덕을 본 것은 동네에서 나를 괴롭히는 녀석이 있으면 언니를 흠모하던 동네 오빠들이 대신 응징해주었다. 언니는 평생 귀여움만 받았는데 큰오빠만 예외였다. 큰오빠는 미제 노란색 연필을 구해와 예쁘게 깎아서 내 필통에 넣어주었다. 언니가 왜 난 안주냐고 볼멘 소리를 하면 넌 집안일을 하나도 안 거드니까 라고 대답했다.

내가 열 살 때 아버지가 퇴직금 사기를 당해 하루아침에 집안이 풍비박산 났을 때도 공부를 잘 했던 언니는 기어코 대학을 갔다. 그러다가 더이상 학업을 이어갈 수 없게 되자 휴학을 하고 친구 엄마가 운영하는 일본어학원에 취직했다가 수강생이던 형부를 만나 일찌감치 결혼 했다. 예쁜 아내가 살림을 못해도 형부는 행복해했다. 대신 공부를 손에서 놓지 않았다. 그러면 된 것이지 뭐.

언니의 장점은 남녀노소가 다 좋아한다는 것이다. 예쁘고 과묵하고 지혜롭고 성실했다. 특히 성당 일에는. 우리 아이들이 유아세례를 받을 시기에 유아세례를 받게 했고 첫영성체를 받을 시기를 챙겼다. 아이들이 성당 마당에서 놀면 멀리 안 간다는 나름의 지론이 있었다. 덕분에 우리 아이들은 모태신앙으로 성당 마당에서 잘 자랐다. 언니 말처럼 놀아도 성당 마당에서 노느라 멀리 안 갔다.

언니는 고등학생 때부터 레지오를 했으며 성가대 단장을 했다. 수화 봉사도 열심이었다. 공연에 관한 직업을 가지고 있는 우리 부부에게 늘 조언했다. 아이들 학교의 어머니회 활동도 해라. 성당 봉사 단체도 하고 성가대도 해라. 그러나 나는 그럴 마음도 그럴 여유도 없었다. 우리가 공연을 하면 언니는 단체동원으로 우리에게 힘을 보탰고 늘 철 없어 보이던 언니가 할 수 있는 최선의 방법으로 언니 노릇을 했다.

좋은 직장을 잘 다니던 형부가 느닷없이 사업을 시작했고 그 사업이 잘 안되었어도 원망이 없었다. 대신 더 열심히 봉사활동을 했다. 모시던 시어머니가 돌아가시고 형부의 사업이 더 이상 회생 불가능해지자 남편과 남매를 데리고 과감하게 미국 유학을 떠났다. 이민 초기에는 대부분의 이민자들이 접시닦이를 하는데 접시닦이 대신 마트 입구에 있는 생활소품 판매점의 점원이 되었다.

소품 판매점이 폐점을 눈앞에 두자 드디어 식당 접시닦이를 하려고 준비 중이었을 때 처음부터 목표였던 한의대의 공부가 적성에 맞지 않았던 언니는 서울에서부터 준비했던 신학대 복지학과로 적을 옮기고 신학대 교직원이 되었다. 교직원 혜택으로 장학금을 받아 끝까지 공부에 매진하여 박사학위까지 받았다. 살림을 안 가르쳐 시집 보낸 큰딸이 마음 쓰였던 엄마는 늘 큰사위에게 미안한 마음을 가졌었다.

그런데 언니가 취업비자 사기를 당해서 미국에 정착하기 힘이 들었고 한국에 나올 형편이 되지 않자 엄마가 미국을 방문했다. 나이 들어 이민을 간 언니네 부부는 먼저 온 이민자들의 맏형님이 되어있었다. 주말이면 모여서 포트락 파티를 했다. 집 주인은 식탁커버를 깔고 빈 그릇을 치울 때 쓰는 쓰레기봉투만 준비하면 되었다. 그 모습을 본 엄마의 한마디. 미국이 네 언니를 위해 생겼더구나!

인생이 마음먹은 대로 흘러가지 않는다는 것을 힘겹게 깨달으면서도 언니는 늘 봉사를 놓지 않았다. 부모의 역할은 울타리 일 뿐 아이들 스스로 좌충우돌 하면서 큰다. 언니의 남매는 미국에서도 여전히 아이들과 성당 마당에서 놀고 있다. 올곧은 부모를 보고 자라며 성당 마당에서 놀아서 멀리 안가고 미국 생활에 빨리 적응해 안정적인 생활을 하고 있다. 형부의 한 말씀. 아메리칸드림을 이뤘노라!

속을 들여다보면 순탄하게 사는 사람들이 그리 많지 않다. 언니처럼 딸 귀한 집안에서 태어나 넘치는 사랑을 받았지만 가세가 기울었을 때 내색은 안 해도 누구보다 힘들었을 것이다. 그래도 얼굴에 그늘지는 것을 본 적이 없다. 남들 보기에 사업하는 남편 일을 거들지 않아 이기적으로 보였을 텐데 그 간극을 신앙으로 극복하고 있었다. 멀리 보면 고차원적인 경지였다.

어렸을 때 형제들이 다 같이 한 이불 뒤집어쓰고 놀 때 내가 뀐 방귀도 덮어주었던 언니. 성당에서 같은 교인들의 대나무 숲이 되어주었던 언니. 형부의 지하 공장에는 절대 가지 않아서 인척들의 비난을 들었어도 눈앞의 이익을 위해 자존감을 내려놓지 않았던 언니.

늘 보호받아야 할 사람으로 인식되어 어린 내가 언니의 시중을 자주 들었지만 형 만한 아우가 없다는 속담의 산 증인인 언니.

　내가 다섯 살일 때 열 살이던, 내가 열다섯 중학생일 때 스무 살 대학생이던 언니가 70을 넘어서고 나도 곧 70을 바라보니 다섯 살 차이는 큰 차이도 아닌 것을. 언니와 내가 이제부터 할 일은 건강하게 비전을 가지고 다가올 팔십을 구십을 준비하는 일. 이제 죽음이 다가와도 후회하지 않을 멋진 웰다잉을 준비하는 일. 웰다잉을 위하여 웰리빙을 착실히 실천하는 일. 멀리서 서로의 행복을 비는 일이다.

신동임

1958년생 / 서울오페라앙상블 부대표
성균관대학교 디자인대학원 패션학과 복식사 전공
· 무대의상디자이너 / 전통조각보 작가 / 웰다잉 강사
· 공유경제협동조합 이사장
· 《에세이문학》 등단(2025)
· 오페라 파라디소(2016년)
· 에세이집 《엄마를 기억하는 방법》(2025)

개구리 뒷다리

오관석

가난한 집은 돼지도 배를 곯는다. 보릿고개가 드높았고, 미국이 원조해 준 옥수숫가루 죽으로 점심을 해결하던 시절, 돼지에게 먹일 만한 게 별로 없었다. 조석으로 밥 짓기 위해 쌀이나 보리를 씻은 뜨물을 구정물 통에 모아서 돼지 먹이로 썼다. 더운 여름에는 몇 시간만 지나도 시큼한 냄새가 날 정도인 뜨물에 쌀겨나 먹다 남은 음식 찌꺼기를 넣고 저어 주는 멀건 죽만 먹이건만 돼지는 탈도 안 나고 그럭저럭 잘 자랐다. 다만 추석이 다가오기 전에 뭔가 영양가 있는 것을 먹여야 털에 윤기가 돌면서 허리가 쭈욱 늘어나게 되고, 그것이 돈이 되어 초가삼간 일곱 식구에게 단비로 내릴 수 있었다.

6, 70년대 시골에서 목돈을 만져 보기란 쉬운 일이 아니었다. 그래도 추석, 설날엔 아이들 옷이라도 한 벌씩 사주고 조상님께 차례상도 올려야 하니 약간의 목돈이 필요했다. 설날은 그래도 가을 뒤에 오는 명절이라 어찌어찌 감당해 낼 수 있지만, 추수 직전에 드는 추석은 가용(家用)이 거의 없었다. 그래서 집집이 웬만하면 돼지 한두 마리 키워서 그에 대비했다. 추석을 앞둔 장날 아침이면 이집 저집에서 돼지들이 묶여 나가느라 그야말로 '돼지 멱 따는 소리'가 진동했다. 물론 진짜 돼지 멱을 따는 일은 명절이나 잔칫날 부잣집에서나 있을 수 있는 일이었지만 말이다.

명절 차림 때문만은 아니고 가축들 크는 모습을 보는 재미에 하굣길에 토끼 먹일 풀더미를 안고 와야 했고, 간혹 책보를 내던지자마자 돼지 특식(?)을 준비하기도 했다. 구정물에 쉰밥 덩이나 말아 먹고 크는 가난한 집 돼지는 오종종하게 까칠했다. 요놈을 통통하게 살찌워서 추석 장에 내려면 영양가 있는 것을 먹여야 했다. 낭창낭창한 회초리 하나 들고 들판으로 나서면 되었다. 막대기로 후려치면 연약한 개구리 옆구리가 터지기도 했기에 가느다란 댓가지나 뽕나무 가지 정도면 딱 좋았다. 개구리 사냥엔 많은 힘이 필요한 게 아니라 조용히, 스냅을 넣어서 톡! 치는 게 요령이다. 회초리를 맞은 개구리는 물속으로 뛰어들어 깊은 쪽으로 도망갈 때처럼 뒷다리를 쫙 펴고 일자(一字)로 바들바들 떨면서 기절하거나 죽는다. 풀줄기에 개구리 아래턱을 꿰들고 개선장군처럼 발걸음도 가볍게 논둑길을 따라 집으로 돌아온다.

그냥 줘도 잘 먹지만 이왕이면 깡통에 삶아서 대접하면 돼지가 더 환장한다. 약간의 물을 넣고 마당에서 개구리탕을 끓이면 닭 삶을 때와 비슷한 고소한 냄새가 진동한다. 가까운 돼지우리에서는 난리가 난다. 냄새를 맡은 돼지가 꿀꿀거리며 금방이라도 우리를 뚫고 나올 기세로 이곳저곳을 들쑤시고 올라타고 빨리 달라고 성화를 댄다. 돼지만 환장하는 것이 아니라 우리 뱃속도 뒤집힌다. 드디어 약탈을 감행한다. 뽀얀 국물 속에서 튼실한 놈 한두 마리 골라서 뒷다리를 잡고 찢으면 오동통한 뒷다리 쪽만 분리되어 나온다. 닭고기 중에서도 가장 맛있는 다리 살 맛과 어쩌면 그리도 똑같았던지! 몇 마리 더 먹고 싶지만, 돼지의 성화를 당할 수 없고, 어른들께 들킬 염려도 있어서 그만 여물통에 던져준다. 그런 날은 말수가 적었던 선친께서도 내 까까머리를 슬쩍 쓰다듬어주곤 했다. 돼지에게 줄 개구리 뒷다리 몇 개 빼돌린 일 때문인지 모르지만 괜히 얼굴이 달아올랐다.

추석 지나고 가을이 무르익어 그나마 쌀을 조금씩 놓은 밥이라도 먹게 되기 전까지는 그야말로 꽁보리밥에 김치 가닥 나부랭이로 배를 채웠다. 간식이랄 것도 별로 없던 시절이었기에, 특별한 먹거리들로 달랬던 가을의 추억이 삼삼하다. 개구리 뒷다리하고는 또 다른 맛을 보여주던 것이 메뚜기 구이다. 하굣길에 논두렁길을 내달리다 보면 얼굴을 때릴 정도로 지천이던 메뚜기! 그놈들을 한 움큼씩 잡아서는 검불로 피운 불에 굽는다. 야들야들하게 익어가는 콩도 조금 서리해다가 함께 구워서 먹기도 한다. 입술 언저리는 말할 것도 없고 콧잔등이며 손등까지 검댕 범벅이 된다. 그러나 어른들 몰래 후미진 언덕 한쪽에서 구워 먹던 그 맛을 어디에 비길 것인가? 들키지 않으려고 도랑물에 손과 얼굴을 씻기도 하지만 옷에 밴 냄새와 손톱 사이에 낀 잿물이 어디 갔겠는가. 아마 어른들은 알고도 모른 척해 주었을 것이다.

마트에 가면 형형색색 많고도 많은 먹거리가 가득 쌓인 오늘날, 애들이 메뚜기는 말할 것도 없고 개구리 뒷다리 맛을 알 리가 없다. 그래도 손주 녀석 하나 있다면 이 가을 산골에 있는 논둑 길로 나서고 싶다. 넓은 들녘에서는 농약 세례에 그 많던 메뚜기는 씨가 마르고 개구리도 자주 보기 어려운 형편이 되어 겨우 산골이나 가야 몇 마리 볼 수 있을 터이니 말이다. 메뚜기 몇 마리 굽고 개구리 두어 마리 삶아서 뒷다리 하나씩 나누어 먹으면 얼마나 좋을까? 손주 녀석은 그런 걸 어떻게 먹느냐며 징그럽다고 손사래를 칠 것이다. 그때 어깨 한번 으쓱하고 한마디 해주어야지. "이 녀석아, 네가 개구리 뒷다리 맛을 알아?"

머슴 병

언제부터인가 오른쪽 팔꿈치가 시큰거리면서 아파져 왔다. 한여름에도 덧옷을 가지고 다니게 할 정도로 틀어대는 에어컨 때문에 버스나 지하철을 타면 더 심해졌다. 왼손으로 팔꿈치를 감싸쥐고 있으면 그나마 조금 나아졌다. 요리조리 거슬러 생각해 보아도 다친 적이 없는데 이상한 일이었다. 아픈 부위를 살살 만져보면 팔꿈치 바깥쪽 뼈가 조금 튀어나온 것 같기도 했다. 아무래도 심상치가 않았다.

할 수 없이 목동에 있는 H 병원에 갔다. 뼈에는 이상이 없는 것이 분명한데도 엑스레이부터 찍자고 한다. 컴퓨터 화면에 엑스레이 사진을 띄워놓은 채 내 팔꿈치를 한참 만져보던 젊은 의사가 대뜸 묻는다. "무슨 일 하세요?" 약간 머뭇거리면서 대답했다. "교편 잡고 있습니다." 고개를 갸웃거리던 의사가 다시 물었다. "다른 일 하시는 건 없어요?" 조금 생각하다가 "주말농장 좀 하고 있습니다."라고 대답했더니 얼마나 하느냐고 되물었다. 4, 5백 평 정도 된다고 하자 의사는 대뜸 그게 주말농장이냐며 "그건 부업입니다."라면서 선언하듯 진단 결과를 던졌다. "머슴 병입니다!" 머슴 병이라니? 고봉밥에 연초나 한 봉지 받으면 좋아하며 억센 팔뚝을 걷어붙이고 논둑길에 들어서던 머슴에게 있던 병이 선생 노릇하는 나에게 머슴 병이라니….

그러고 보니 짚이는 게 있긴 했다. 농사일의 8할은 잡초와의 전쟁이다. 특히 오뉴월 지나면서부터는 잡초들이 어제 다르고 오늘 다르게 뿌리도 깊어지면서 뽑아내기가 점점 힘들어진다. 뭘 모르던 십수 년 전에는 남들이 하는 것처럼 제초제를 뿌리기도 했었다. 그러나 노구를 끌면서 함께 농사일을 거들어주시던 선친께서 선영에 몸을 누이신 나음부터는 그것을 낳았다. 맹독성 약을 풀들에게 들이붓는 일은 그 땅에서 나는 푸성귀와 열매들을 통해 내 입으로 독을 밀어 넣는 일이기도 했다. 선친께서 도와주실 적까지는 너무 힘드시지 않도록 옛날 방식대로 했지만, 계속 그리 하기는 꺼림칙해서였다.

내가 잡초와 힘들게 싸우는 것을 보다 못한 아내가 어느 날 예초기를 사 왔다. 몇 번 사용하다 보니 우리 밭에서는 '개 발에 편자'였다. 원래 경사진 밭을 사서 평토 작업을 할 때 집채만 한 바위들도 나왔던 돌밭이다. 수시로 나오는 돌을 모아 돌담을 높이 쌓을 정도였고, 밭을 갈 때마다 혼자서는 들기도 어려운 돌들이 나오곤 했다. 호미질할 때마다 주먹만 한 것들이 쇳소리를 내며 앙칼진 반동을 내 손목에 돌려주기도 했다. 이런 땅에서 예초기를 돌리자니 걸핏하면 불꽃이 튀면서 돌덩이가 펑펑 날아오는 아찔한 일도 생겼다. 그나마 예초기를 겨울에 그냥 두었다가 이듬해에 쓰려고 했더니 잘 돌아가지 않았다. 기름이 완전히 연소할 때까지 돌린 다음 보관해야 엔진 속 회전판 사이의 고무판이 눌어붙지 않게 된다는 것을 나중에야 알게 되었다.

예초기는 애물단지가 되었고 낫과 호미가 바빠졌다. 작은 풀들은 호미로 긁으면서 뽑으면 되지만, 미국 돼지풀 같은 키가 큰 것들은 낫으로 대충 쳐나갔다. 그러나 주말에만 시간을 내어 싸우는 풀과의 전쟁에서 나는 늘 패자였다. 장마철에는 풀들이 더욱 기승을 부린다. 때 맞춤하여 새로운 풀들이 비집고 나오는 것은 물론, 낫으로 베었던 것들은 곁가지를 치면서 보란 듯이 활개를 친다.

어쩔 수 없이 뿌리째 뽑아내기로 했다. 그러나 명아주나 피처럼 뿌리가 깊숙이 내리는 풀들은 내 팔뚝과 씨름하면서 완강히 버티고, 바랭이나 쇠비름은 꼬리 잘린 도마뱀처럼 줄기만 끊어낸 채 땅속에 뿌리를 박고 꿈쩍도 안 한다. 호미의 힘을 빌리면 조금 쉽기도 하지만 몇 시간씩 풀과의 사투를 벌이고 나면 팔꿈치와 팔목이 서로 더 아프다고 아우성치게 된다. 별수 없이 막걸리나 청량음료 몇 모금으로 열을 식히고 나무 그늘에서 옷섶을 헤친 채 숨을 고른 다음 다시 팔을 걷어붙인다.

밭고랑은 그래도 해볼 만하다. 신제품 비닐이 나왔기 때문이다. 얼마 전부터 물은 스며들고 풀은 못 나오게 하는 '풀안나'라는 덮기 비닐을 밟아 다니는 고랑에 깔게 되었다. 이랑에 덮는 일반 비닐은 빗물이 스며들지 않기도 하려니와 몇 번 밟고 나면 찢어져서 고랑에는 쓸 수가 없기에 별수 없이 풀들이 안방 차지를 했었다. '풀안나'는 최소한 몇 년씩 다시 사용할 수도 있고 땅에 빗물을 전해주어 가뭄에 물주는 수고를 덜어주기도 하는 고맙기 그지없는 동맹군이 되었다. 풀과의 전쟁에서 나를 승자로 이끌어가는 일등 공신이다.

입춘 지나고도 추위가 이어진다. 휴전선이 코앞인 북쪽 포천은 서울보다 7,8도는 더 추운 날들이 허다하다. 이런 날씨에도 민들레나 뿌리뱅이, 달맞이 등은 로제트 잎들을 납작하게 땅에 붙이고 버틴다. 땅이 풀리기가 무섭게 요놈들과의 전쟁부터 시작해야 한다. 물론 잡초들만 용을 쓰고 있는 것은 아니다. 겨울 문턱에 쓰러져 덮인

잎줄기 사이로 자줏빛 새순을 내비치며 날이 풀리기만 고대하던 작약도, 봄이면 제일 먼저 꽃대부터 밀어 올리는 돌단풍도 슬금슬금 몸을 풀고 있을 것이다. 겨우내 잘 먹고 놀아서 늘어난 뱃살을 빼야 할 때가 다가온다. 또다시 풀들과의 전쟁을 시작해야 한다는 생각에 두 주먹 부르쥐고 휘둘러 본다. 물론 '머슴 병'과는 함께 하고 싶지 않다. 이 녀석이 도지지 않게 살살 해야 한다.

(《에세이문학》, 2025 여름호, 개고)

수박풀꽃

특히 녀석을 만난 뒤부터 심지가 흔들렸다. 농사에 방해가 되는 놈들은 모조리 뽑아 없애버린다고 했는데도 몇몇은 손길을 벗어나서 살아남기도 한다. 그중 하나가 바로 녀석이었다. 크기도 오백 원짜리 동전만 했다. 다섯 장 꽃잎이 노르스름한 옥빛으로 피는데, 안쪽 꽃술 근처는 진한 자줏빛으로 노랑 꽃술을 감싸며 수줍음을 자아낸다. 와, 녀석이 어떻게 악착같은 내 손길을 피해 요렇게 예쁘고 앙증맞은 꽃까지 피워냈을까! 잎 모양은 꼭 수박을 닮았다. 다만 덩굴로 뻗는 것이 아니라 떨기로 다른 풀들을 젖히고 세력을 뽐내며 커 오른다.

이름이 궁금했다. 잎이 수박과 같은 모양이니 수박꽃풀일까? 생각했다. 밭일하다 인터넷 뒤져볼 수도 없는 일이어서 뒤로 미뤘다. 고단한 일과를 마치고 반주 몇 잔과 함께 배를 불리고 나면 쉬고 싶은 마음에 녀석 일은 잊어버리곤 했다. 얼마 후 '수박꽃풀'을 검색해 봤더니 아, 정말로 '수박풀꽃'이 있었다! '수박꽃풀'과 '수박풀꽃'의 차이는 있었지만, 전혀 모르고 있던 녀석의 이름을 그 모양만으로 짐작한 것이 들어맞았다. 남인 줄 알았던 장돌뱅이 녀석이 자기 자식임을 알게 된 허 생원의 기쁨이 이런 것이었을까? 잡초가 화초로 바뀌는 순간이었다.

예쁘게 보면 꽃 아닌 게 없고 밉게 보면 모든 게 잡초다. 땡볕에서 잡초와 샅바 싸움을 하다 보면 전에는 밉기만 하던 녀석들이 화초인

양 보고 싶게도 된다. 예뻐서라기보다 저주는 게 내 몸을 위한 것이 아닐까 하는 얄팍한 셈속도 있음을 굳이 변명하진 못하겠다. 쓸모에 매달려 작물을 가꾸면서 틈새를 비집고 올라오는 잡초는 무자비하게 척결한다. 그러다가 '잡초지만 먹을 수도 있고 그냥 자라게 놔두면 그런대로 봐줄 만한 꽃도 피우는데…' 하는 생각에 손끝에 힘이 빠질 때가 있다.

꽃이 잡초가 되기도 한다. 이십여 년 전에 야생화 천국 방태산에 갔다. 산행에서 그렇게 금낭화가 지천으로 피어 계곡의 어둠을 줄초롱으로 불 밝히는 장관을 본 것은 그곳이 처음이었다. 포천에 땅뙈기를 마련하자마자 제일 먼저 사다 심은 꽃이 금낭화였다. 그런데 옥빛 저고리에 연분홍 조끼를 덧입은 예쁜 색시 같은 그 녀석이 애물단지가 될 줄은 몰랐다. 꼬투리마다 박혔던 꽃씨들이 여기저기 튀어 가서 잎을 내밀고 저도 거기 있다고 자랑한다. 민들레처럼 손으로 뽑아서는 절대로 뿌리를 내주지 않는 녀석은 바위틈에까지 숨어들어 호미가 들어오지 못하는 것을 즐긴다. 그토록 깊은 인상을 주었던 녀석이 천덕꾸러기가 되는 것도 순간이었다.

꽃이 진 다음에 바로 베어내면 다른 풀이 제 세상 만난 것처럼 활개를 칠까 봐서 그냥 두었다. 그러다가 재작년에 봉변당했다. 무성한 잎줄기 사이에 벌이 아지트를 만들어 놓은 것을 모르고 한쪽으로 제치려다가 제대로 두어 방 맞았다. 해마다 한두 번 정도는 자연산 무료 벌침을 맞아온 터라 그리 놀라진 않았지만, 그 뒤로는 꽃이 지자마자 모조리 베어낸다. 오천 원짜리 벌침을 공짜로 맞았다고 능치기는 해도 일부러 벌에 쏘이고 싶지는 않아서다. 벌 쏘인 자리는 벌

젛게 부풀어 올랐다가 이삼일이면 가라앉긴 하지만 여름철 내내 스멀스멀 가렵고 불편하게 한다. 이래저래 이름도 예쁜 금낭화는 잡초 신세가 되었다.

다른 일도 그렇지 않을까? 포천에 둥지를 틀게 된 사연도 그렇다고 할 수 있겠다. 정년을 10여 년 앞두고부터 은퇴 후의 놀이터를 물색하고 다녔다. 우선 안양을 중심으로 몇 군데 알아보았지만 역부족이었다. 상대적으로 저렴한 북쪽으로 눈을 돌렸다. 마침 직장이 서울 북부지역이고 먼 친척이 포천 쪽에서 부동산 중개업을 하고 있어서 그쪽을 보러 다녔다. 비교적 가까운 쪽 땅들은 뭔가 한두 가지씩 꼬투리가 잡히던 차에 한탄강 언저리 산 중턱에 양지바른 밭이 나타났다. 한탄강 댐이 조성되면 아랫녘에 호수 끝자락이 보일 거라고 했다. 비포장도로이긴 했어도 차가 드나들 수 있는 길도 있었다. 나중에 팔고 싶을 때 연락하면 곧바로 팔아주겠다는 말도 귓등으로 흘리며 계약했다.

이십여 년을 지내는 동안 이러저러한 일이 많았다. 현황 도로만 보고 길이 있는 줄 알고 다녔는데, 들머리 사람들이 사유지라며 길을 막아서고 나서야 그 땅이 맹지라는 사실을 알게 되었다. 더 엄밀히 말하면 맹지네, 법정 도로니 하는 것도 모른 채 전원생활의 달콤함만 찾아 헤맨 것이다. 얼마 전 땅을 정리하고자 연락을 드렸다. 원가와 들인 돈을 얼추 따지고 지가 상승도 참작해서 호가(呼價)했더니 알았다며 대충 얼버무렸다. 그다음부터는 전화 통화도 되지 않았다. 내가 너무 욕심을 부렸나 싶은 생각이 들었지만, 맹지에 대한 안내도 제대로 없었던 것을 감안하면 서운하기도 했다. 주민들과 댐에

물을 담아두지 않는 조건으로 합의되어 한탄강 댐이 완공되었다. 그분 탓은 아니지만, 호수 대신에 그 자리에 주차장이 들어서게 되었다. 윤슬 빛나는 호수 대신에 콘크리트 반사광이 비치는 것도 아쉬움으로 가슴 한쪽을 헤집는다. 좋은 땅, 꽃 땅이 잡초 신세가 되었다.

나도 꽃인 줄 알았더니 잡초인 존재가 아닌지 모르겠다. 시종여일(始終如一)한 사람이 되자는 좌우명을 내걸고 살아왔지만, 언행이 한결같고 누구에게나 믿음직한 삶을 산다는 게 얼마나 힘든 일인가. 그래도 꽃이다가 잡초가 되는 일은 없도록 해야겠다. 이왕이면 늘 꽃으로 살고 싶다. 그게 욕심이라면 잡초였다가 꽃이 되는, 수박풀꽃 같은 삶을 엮어가고 싶다. 아, 참, 잡초에서 꽃 되기가 더 어려운 일인가?

(《에세이문학》, 2025 가을호, 개고)

까치집 유감(有感)

　작년 봄에 까치가 베란다 에어컨 실외기 거치대에 집을 짓기 시작했다. 나뭇가지나 전선주 위에 짓는 건 봤어도 사람 사는 아파트 베란다 밖에 집을 짓는다는 얘기는 들은 적이 없어서 여러 날을 부부가 함께 지켜보았다. 몇 년 전에 이사 올 때는 거실 쪽 베란다 창문과 창문 사이 석 자 남짓 너비가 되는 콘크리트 벽 뒤쪽에 에어컨 거치대가 있었다. 에어컨 설치 기사가 고가 사다리를 사용하지 않으면 작업하기가 어렵다며 창 쪽에 거치대를 설치하자고 하길래 그렇게 하기로 했다. 기존의 거치대는 빈 채로 두었다. 그곳에 사람의 시선이 잘 닿지 않는 것을 간파한 까치가 집을 짓기 시작한 것이었다. 우리 집이 꼭대기 층인 것도 살폈으리라.

　작은 나뭇가지들을 물고 날아와 건너편 집 옥상 난간 위에 앉아서 주변을 살핀 뒤에야 날아와서 집을 짓는다. 그냥 가져오는 순서대로 올려놓는 것이 아니었다. 얼기설기 엮어 나가는데 새로 물어온 가지를 이미 얽어놓은 사이로 밀어 넣기도 하고 끼워놓았던 가지를 빼서 다시 다른 곳에 끼우기도 했다. 맘에 들지 않는 가지는 몇 번이고 밀고 당기기를 멈추지 않았다. 언제부터인가는 까치는 보이지 않는데 나뭇가지만 움직이는 때도 있었다. 자세히 보니 중간쯤에 드나드는 구멍을 만들고는 그 속에 들어가 산란하고 새끼를 키울 공간을 다듬고 있는 것이었다! 다른 새들은 엄폐된 공간을 찾되 집은 위가 벌어진 형태로 집을 짓는데 까치는 출입문을 옆으로 만들면서 위에서 보이지 않게 하는 것이었다. 주도면밀하고 끈질긴 모습이 매사에 대충 철저한(?) 나를 일깨우는 듯했다.

집이 완성되고 산란하고 새끼를 쳐야 할 때가 된 듯했는데 까치집이 조용했다. 까치가 놀라지 않도록 까치가 없는 시간에만 베란다에서 빨래도 널고 청소도 하는 등 세심하게 신경을 쓴다고 했는데도 까치가 사람 손길을 피해 공들여 지은 집을 포기한 것이었다. 안타까운 일이었지만 어쩔 수 없었다. 더 이상 까치가 오지 않는 것을 확인한 후에 막대기로 까치집을 흔들어 보고는 적이 놀라지 않을 수 없었다. 웬만큼 힘을 가해도 꿈쩍도 안 할 정도로 견고했다. 비어있는 견고함! 허접한 나뭇가지 조금 주워다 지은 집인데도 저토록 단단할 수 있다니……. 우리의 삶도 까치집처럼 비어있는 듯하면서도 내실은 단단한 그런 것이 되어야 하지 않을까?

까치는 새 중에서도 머리가 좋은 새로 알려져 있다. 까치가 울면 손님이 온다는 속설은 사실이라 한다. 동네 어귀 나무에 집을 짓고 사는 까치는 동네 사람을 모두 알아보는데, 외지인이 오면 크게 울어 대어 경계를 하니 그런 것이다. 십수 년 전에 선친을 모시고 여행을 갔는데, 가로수에 지어진 까치집을 보시고 "올해는 큰바람이 없겠다."라고 혼잣말처럼 하셨다. 연유를 여쭈었더니 까치가 높은 가지에 집을 지으면 큰바람이 없다는 것이었다. 아, 까치가 그해의 바람이 어떻게 불 지를 어찌 알고 그런단 말인가? 오랜 세월에 걸쳐 자연을 관찰해서 얻은 선조들의 지혜이겠지만, 단기간의 일도 아니고 한 해의 바람을 미리 알아차린다는 것은 놀라운 일이 아닐 수 없다. 물론 요즘에는 발달한 기술로 상당한 기간의 일기를 정확하게 예보

하기도 한다. 그렇지만 우리도 까치처럼 몸으로 자연의 흐름을 알아 거기에 대처하며 살 수 있다면 얼마나 좋을까?

막대기로 눌러도 꿈적하지 않던 까치집이 여름 지나고 가을에 들어서면서 보니 조금 짜부라들었다. 비바람에 흔들리고 햇볕에 마르면서 조금씩 가라앉은 것이었다. 그런데 늦가을쯤 다시 까치 소리가 들리기 시작했다. 봄에 왔던 그 까치인지 아닌지는 모르겠으나 단단하게 얽어놓은 둥지를 허물고 있었다. 아마도 안 쓰는 집을 재활용하는 듯했다. 여기저기 찾아다니는 것보다 한곳에 모인 자재를 가져다 쓰는 것이 가성비가 높았을 것이다. 까치의 재활용(?) 과정에서 나뭇가지가 아래 주차장에 떨어진다는 민원이 있어서 처리 방안을 찾으려고 둘러보다가 다시 한번 놀랐다. 이미 한 개비도 없이 다 처리한 뒤였다. 깔끔한 녀석들이다.

사람도 옛날에는 주변에서 건축 재료를 구해서 집을 짓고 그 재료를 다시 재활용하거나 자연으로 그대로 돌려줄 수 있는 방식으로 살았다. 요즘에는 정치, 경제적 이유로 살만한 집들까지 헐고 다시 짓는 일이 더러 있게 된 모양이다. 그런데 우리가 사는 집단주택을 헐면 거의 모두 다시 쓸 수 없는 쓰레기가 된다. 우리나라 곳곳에 세워진 고층 아파트가 헐릴 몇 년, 몇십 년 후를 생각해 보면 아찔하다. 그런데도 50년도 안 된 아파트를 헐어 쓰레기로 만들고 새로 지어 명목상 부를 늘리는 일에만 몰두하니 앞으로 어찌 될까? 걱정이다. 최소한의 리모델링으로 오래 쓰고, 헐 수밖에 없는 경우라도 여러 자재를 최대한 재활용할 방법을 궁리해야 하지 않을까? 오늘도 까치는 전선주에 앉아 우리를 내려다보며 고개를 갸웃거리고 있다.

책을 버리며

아버지 가신 지 얼마 지나지 않아서 생각보다 빨리 어머니마저 세상을 버리셨다. 49재를 모시자마자 부모님의 유품을 정리하는 데 적잖이 애를 먹었다. 특히 어머님께서 애지중지하시던 장독을 정리하는 일이 보통 일이 아니었다. 쉬이 마르지 말라고 고추장 단지 위쪽에 속 뚜껑 삼아 덮어놓으신 삼베에는 몇 년씩 고추장 찌꺼기가 말라 붙어서 소 궁둥이에 붙은 쇠똥보다도 질기게 덕지덕지 붙어서 떼어내기가 어려웠다. 색깔도 고추장 붉은색과는 전혀 달리 시커멓기까지 했다. 고추장 칠갑을 들어내고 먹을 만한 부분만 헤집어 내어 담아서 동생들에게 적당량씩 나눠주었다. 장독에 말라붙어 있던 찌꺼기는 며칠을 물을 채워 불렸다 씻어도 붙어 있던 세월의 더께만큼이나 완강하게 항아리를 붙잡고 떨어지지 않으려고 안간힘을 썼다.

된장독도 그랬다. 어머니가 이삼 년에 한 번 정도 봄이면 두부를 굳힐 때 나오는 두붓물을 얻어와서 밑 된장과 적당히 섞은 다음, 삶아 으깬 콩과 번갈아 가며 다시 담는 정성을 쏟아부은 장독이었다. 나도 간혹 일손을 보태기도 했던 일이다. 그토록 애지중지하면서 된장을 다독여 넣고 그냥 두어도 좋을 것 같은 항아리의 어깨며 허리 아래까지 이틀이 멀다고 걸레질해서 반질반질하게 어루만지시던 정성도 이젠 먼 이야기가 되고 말았다. 그런 번거로움을 이어받을 아들도 못 되려니와 아파트에는 몇 말씩 들어가는 큰 항아리를 들여놓을 공간도 없었다. 버리기는 너무 아까워 별도의 운반비를 들여 포천 농막 한쪽에 그냥 늘어놓았다. 어쩌다 항아리를 닦다 보면 어머니 손길이 어제인 양 느껍다.

버리자니 아깝고 지니고 살자니 짐만 되는 것은 장독만이 아니었다. 평생 책 보고 아이들 가르치는 것을 업으로 삼은 덕택에 비좁은 집에 넘쳐나는 애물단지 1호가 책이었다. 특히 이사할 때마다 짐꾼들의 볼멘소리가 귓가에 앵앵거리고 짐을 꾸리고 푸는 일에 허리가 휜다. 마누라님 잔소리까지 무게를 더하면 명쾌한 대답도 못 하고 속으로만 꿍꿍 앓는다. 그래도 많이 버렸다. 교사에서 장학사, 교감 교장으로 자리를 옮기면서 살고 있던 연립주택 입구에 교과 관련 책들을 내놨더니 대부분은 필요한 사람들이 가져갔고 남은 책들은 종이 줍는 분에게 드렸다.

그래도 아쉬워서 버리지 못하고 챙겨 다니던 책들도 어머니 유품을 버리면서 다짐한 대로 다시 절반가량을 추려서 버렸다. 밑줄 그어가며 읽고 빈칸에 나름의 생각까지 적어 두었던 내 청춘의 흔적들도 눈물을 머금고 버렸다. 폐휴지가 되어 불쏘시개가 되었거나 다시 뭉개져서 택배 상자로 태어났을 수도 있겠다. 빛나던 별들이 개똥벌레가 되어 사라진 것이다. 나이 들어 읽어도 늘 새로운 고전 몇 권과 노년의 건강을 챙기는 데 도움을 줄 만한 것들은 남겨두었다. 은퇴를 앞두고 시작한 서예와 각자(刻字) 관련 책들도 살아남아 책장 한 편을 차지하게 되었다.

버리려고 추려내어 묶을 때면 몇 번의 고비를 넘기고 살아남은 책들이 애처로운 눈빛으로 나를 쳐다본다. 교회 관련 서적들을 버리기에 아까워 다니던 교회에 기증하려고 상의했는데, 교회도 처치 곤란이라며 손사래를 쳤다. 옛날 같으면 중고 서점에 내놓아 몇 푼이라도 받을 수 있었던 책들도 요즘은 거들떠보지도 않는다기에 그냥 버리면서 시대 변화를 절감하기도 했다. 아깝고 아쉬웠지만, 버리고 나니 시원하기는 했다. 잡동사니로 그득했던 서재가 제법 숨 쉴 수 있는 공간으로 살아나는 느낌이다. 글공부하는 일이 취미(?)인 나로서는 차마 하기 어려운 일이었으나 역시 비우는 것이 채우는 것보다 힘들면서 소중한 일임을 다시 한번 되새긴다.

우리 세대는 가장 급격한 변화의 시대를 관통했다. 책이 귀하고 정부 지원으로 몇 푼 하지 않던 교과서마저 사는데 부담이 되어 초등학교 때는 비료 포대 종이로 교과서를 싸서 공부하고 이를 후배들에게 넘겨 주기도 했다. 책을 통해서 정보를 얻던 시대에서 인터넷을 검색하고 AI에게 물어서 지적 배고픔을 채워나가는 시대가 되었다. 전철 속에서 책을 보는 사람은 점점 없어지고 모두 스마트폰에 코를 박고 있다. 책은 점점 더 애물단지가 되어간다. 특히 국한문 혼용으로 쓰인 책이나 한자어투성이인 전문 서적은 요즘 젊은이들에게는 '그림의 떡'도 아니고 군내와 쉰내가 나는 이삼 년 묵은 김치 정도나 되려나?

떠나가기 싫어 자꾸만 되돌아보는 책들도 버리고 나면 시원섭섭하다. 서재도 모처럼 선선한 바람이 돈다. 물론 성글게 비워두었던 서가의 빈자리는 다시 다른 녀석들이 차지하여 도로 빽빽하게 된다. 간혹 버린 책을 참고할 일이 생겨 다시 사기까지 하니 얼마 안 가 또 일제 정리를 해야 할 것이다. 어쨌든 책이 차지하고 있던 공간도, 과잉 영양덩어리들로 불어난 내 몸도, 잡다한 생각에 쉽게 잠들지 못

하는 뇌리도 비우는 일이 더 중요하다. 비워야 여유도 생기고 일의 능률도 오른다. 그래야 다시 새로운 것으로 채울 수도 있게 된다.

어머니 너무 애달파하지 마세요. 고추장 된장은 치웠어도 손때 묻은 항아리는 어머니 가꾸시던 포천 화단 가에 잘 두었고, 절에서 담가오는 옛 맛 나는 된장 고추장으로 식탁을 차리고 있답니다. 다만, 이십여 년 가꾼 포천 땅을 제 아들 며느리에게 주고 갈 일이 숙제입니다. 어머니에겐 날마다 닦아야 하는 보물단지가 우리에겐 차마 못 버리고 챙겨두는 짐이 되듯이, 돌 캐고 풀 뽑으며 가꾼 농토가 게네들에겐 먹잘 것 없는 푸성귀 좀 키우겠다고 땡볕에 구슬땀 흘려야 하는 애물단지가 되는 것은 아닌지 자꾸만 뒤가 켕기기는 합니다만….

경인선을 오가며

이혜경

밥이 몹시 그리워지는 열세 살 어느 날, 가느다란 모친 생계의 줄이 끊어졌다. 먹고 사는 것이 급급한 엄마는 매서울 만큼 냉정했다. "노량진 네 아버지에게 가라"는 소리는 어린아이에게 무서움과 공포로 느껴졌다. 주소지가 불명확한 아이는 절망과 함께 울어야 했다. 수취인이 불명확한 짐이 된 아이는 경인선 기차에 혼자 올라야 했다. 기차 속에 앉은 사람들은 다른 세상에 사는 것 같았다. 밝게 웃으며 떠드는 사람들의 수다가 부럽기도 했다. 철커덕철커덕 달리다가 빽빽 울어대는 기차를 타고 머물 곳 없는 아이는 경인선을 오고 가야 했다.

부평에서 기차를 타면 다음 역이 소사역, 소사의 복숭아 향기가 배고픈 아이의 횟배를 동하기도 했다. 열린 창 너머로 복숭아는 아기의 엉덩이처럼 토실하게 뽀얀 살결을 자랑이라도 하듯 눈길을 빼앗아 버렸다. 빼앗긴 시선을 불러들이는 홍익회 아저씨의 "삶은 달걀이나 건빵이요. 콜라 사이다도 있어요." 소리치며 지날 때는 아이의 뱃고동은 더욱 요란하게 울어댔다. 맞은편에 앉은 또래의 여자아이가 아빠하고 나란히 있다가 홍익회 장사꾼이 오자 김밥을 사 달라고 조른다. 아이의 아빠는 김밥을 사이다와 함께 사서 여자아이의 무릎 위에 펼친다. 혹시라도 목에 걸릴까 염려하며 파란 유리병에 담긴 별이 일곱 개 그려진 사이다의 뚜껑을 열고 맛있게 먹는 아이를 바라보는 그 아버지의 따뜻한 시선!

그 광경을 지켜다가 속으로 '우리 아버지는 왜?' 라는 생각이 들자, 목젖이 뜨겁다. 입안에 고인 침을 꼴깍거릴 즈음 기차는 다시 거친 숨을 쉬며 오류동을 지난다. 창밖으로 보이는 오류역에는 정차된 화물량들이 많다. 오류역을 떠난 기차는 영등포역에 머물고 많은 사람이 내리고 오른다. 서울이 가까워질수록 사람들의 피부색이 다른 것을 느낀다. 수돗물을 먹는 사람들의 피부는 희고 깨끗했다. 다시 노량진이 가까워질수록 아이의 심장은 철길을 달리는 바퀴 소리만큼 두근거린다.

며칠 전, 아침 수업 시간에 기성회비 못 낸 아이들을 불러낸 담임은 "반장, 네가 반장이면서 기성회비를 내지 않으니 다른 아이들도 안 가져오는 것이 아니냐?" 라고 하면서 꽁꽁 언 아이의 코를 커다란 손으로 비틀어 눈물이 빠지게 했다. 아이는 많이 부끄러웠다. 집으로 가서 기성회비를 가져오라고 하는 담임에게 쫓겨난 아이, 집으로 가도 아무도 없는 빈 집! 힘없이 운동장을 빠져나와 한참을 교문 밖에서 서성이기도 했다. '이백 원' 누군가에게 매달려서라도 구하고 싶은 간절한 심정이기도 했다. 매일 막내딸 집 사정을 살피러 드나들던 외할머님의 근심을 전해들은 마당발인 외숙모가 밥이라도 굶지 말고, 먹으라며 용산 한남동 어느 국제결혼 한 여인의 집으로 보냈다. 주인 여자는 아이에게 몇 가지 오게 된 이유를 물었다. 아이는 또랑또랑한 언어로 "학교에서는 반장이고요. 동생도 있고요. 엄마가 실직해서 오게 된 것입니다. 월요일 조회 시간에는 단상에 올라 상도 많이 받고요" 질문을 한 주인은 다시 아이에게

"그렇구나! 엄마에게 가서 공부 더 하고 싶다고 말씀드려라. 꼭 반

드시 공부해라. 너 같은 아이는 공부해서 훌륭한 사람이 되어야 해"
하고 들고 갔던 옷가지와 차비를 챙겨 주었다.

그날도 경인선 기차는 여전히 울었다. 방향을 잃은 아이를 대신해
울어주는 것으로 느껴졌다. 밥이라도 배불리 먹으러 갔던 아이는 다
시 집으로 돌아올 수밖에 없었다. 그런데 다시 아버지 집이라니, 이
런저런 생각을 하는 사이에 기차의 울음이 그치고 어느새 노량진에
도착했다. 허기진 아이는 노량진에 내려서 인천 방향으로 거슬러 걷
는다. 한강 바람이 위로라도 하듯 아이의 슬픈 가슴과 얼굴을 쓰다듬
는다.

국정교과서라는 팻말이 붙은 골목길을 올라 붉게 녹슨 철 대문 앞
에서 한참을 서성인다. 마당에 들어선 아이는 도착하고 몇 분 안 되
어 그 집 주인에게 수취인 거부를 당했다. 집주인은 반가워하기는커
녕 '왜 왔느냐' 라고 물었다. 낯설기만 한 아버지에게 아이는 답이 궁
핍했다. '노는 날이라 왔다' 라고 하자 "잘 못 왔다. 여기는 놀이터가
아니다." 라는 수취인의 고함이 담장 밖으로 먼저 나가고 아이도 따
라 그 소리에 튕겨 나온다. 대문 앞에서 되돌이서야만 하는 아이, 등
뒤에서 깨소금 같은 웃음소리가 새어 나온다. 댓돌 위에 놓였던 신발
의 주인이자 아이의 동생이기도 하다. 저 아이들과 왜 다른 취급을
받아야 하는지 이유가 뭔지 알 수가 없다. 같은 아버지 자식이 분명
한데…. 튕겨 나오듯 대문 밖에 선 아이는 멍하니 한참을 바라본 한
강은 쓸쓸하기만 했다. 다리 위로 지나가는 기차가 때마침 시커먼 연
기를 한숨처럼 토하며 빽빽 울며 건너간다. 기적소리에 참았던 눈물
이 흐른다. 밥 한 끼 얻어먹지 못한 채로 힘이 풀린 작은 발로 삶에 이

끌려 다시 노을 지는 서쪽으로 달리는 기차에 올라와 있다.

집에 가면 왜 다시 왔느냐고 물어볼 엄마에게 뭐라고 답해야 하는지 이곳으로 올 때보다 더 막막하다. 그래도 엄마를 다시 볼 수 있다는 이유만으로 기분이 좋아진 아이, 기차 속은 여전히 홍익회 장사꾼의 소리가 우렁차게 오고 간다. 곳곳에 앉은 사람들은 저마다 즐겁고 행복한 모습이다. 아이가 보는 하늘은 무채색으로 어둡고 가끔 번개도 치고 비도 자주 내렸다. 그늘이 깊은 이유도 모른 채 어른들의 연극 같은 인생을 배우고 있다. '사랑은 영원할 수 없다.'라는 중요한 사건을 호된 값을 치르며 배우고 있다. 세월은 그렇게 말없이 흐르고 아이는 쑥쑥 자라고 있다.

어느덧, 초로의 빈 둥지를 지키는 늙은 어미가 되어 있다. 올해 외고에 입학한 손자 녀석이 눈에 밟히고 드문 안부에 귀 열고 기다리는 할머니라는 여자, 어린 날에 기대어 울던 외할머니가 되어 있다. 기차가 전철로 바뀐 시대를 살며 그녀 대신 빽빽 울어주던 경인선 기차가 그리워지는 이유는 그 세월의 강 너머에 철길 위를 절망으로 오가던 어린 날이 떠오르는 이유이기도 한 것일까? 금계국 노랑꽃이 화려한 오월! 어느 휴일 아침, 창으로 비친 햇살 받으며 여자는 베란다 가득 핀 꽃을 마주하고 앉았다. 지나온 걸음마다 이야기가 살아서 말을 건네 온다. 그 이야기에 귀 기울이며 지나온 생을 돌아본다. 참 잘 살았다. 따뜻한 커피 한 잔으로 가슴을 데운다. 기차 탑승권을 예매하고 내일은 중앙선에 올라 태 묻은 고향이라도 가야겠다.

(《에세이 문학》, 2025 겨울호, 개고)

반려 꽃 앞에서

보름 전쯤에 미장원엘 갔다. 자고 나면 자라는 흰머리를 감추려고, 20년도 더 다닌 단골집이다. 염색하고 기다리는 중인데, 어느 손님에게 화분에 심긴 꽃을 가지치기해서 나눠 주다가 내 개도 가져가겠느냐고 조용한 어조로 묻는다. 베란다에 처치 곤란할 정도로 많기에 사양했더니 재차 "생명력도 좋아요."라며 눈치를 살핀다. 주고 싶다는 눈빛으로…. "그럼 두어 개만 줘 봐요" 신문지에 네 개의 가지를 잘라 곱게 싸주는 손길이 고마워서 받아 들고 왔다. 심을 자리도 준비하지 못한 채, 더부살이로 제자리 차지하고 있는 애들 발채에 꽂아 놓았다.

다음 날, 물 주려고 보니 한쪽에 심긴 두 아이는 초롱초롱 고개 들고 새로 이사 온 집 구경이 한창이다. 군자란 곁에 있던 두 아이는 시들어 주눅이 들었다. 아니, 기절 상태로 소생할 수 없는 모습이다. 혹시 잘려 나온 모체를 그리워하는 건 아니었을까? 어려서 엄마 곁을 떠나 낯선 곳에서 숨죽여 울던 내 모습을 보는 듯 애처롭다. 어찌 되었든 살아난 애들에게 응원했다. "참 잘했어. 장하다."

다시 며칠이 지났다. 세탁기 빨래를 꺼내어 널다 보니 허리를 쭉 펴고 기절했던 아이가 눈길을 끈다. 마치 어릴 때 자주 아파서 늘 마음을 쓰이게 했던 우리 집 막내, 열이 내린 후에 생기 있게 일어난 그 얼굴처럼 너무 대견해서 쓰다듬어 주면서 " 일어났네. 잘했어, 정말 잘했어." 하며 나도 모르게 힘이 불끈 생기는 것을 느끼게 된다. 우리의 일상도 어느 날에는 기운차게 팔팔하다가도 버거운 일이 생긴다거나 예상치 못한 일들로 작은 몸 하나 일으킬 힘마저 탈탈 털린 그런 날들이 많지 않은가? 다시는 일어설 수 없는 것처럼 사방이 두려움으로 가득했던 시간과 무릎을 세울 수조차 없던 날들이 이 작은 꽃 앞에서 기억이 난다. "이렇게 일어설 수 있는 거야." 라며 나 자신 용기를 얻을 수 있는 아침이다. 이름도 모르는 이 반려 꽃의 새집을 마련해야 할 것 같다. 더욱 좁아질 베란다가 걱정이지만 생명 있는 저 아이들을 내치지는 못할 것 같기에 편안하게 다리 뻗고 머물러 살아있는 한 꽃피우고 함께 가자고….

어린 날, 인천과 서울에 오가며 마치 장마에 떠밀려온 부유물처럼 이곳도 저곳도 내 자리는 없었다. 엄마가 힘들면 밀어내고 그 물살에 실려 다시 서울을 향해 도착한 노량진! 거기에는 '너, 올 곳이 아니다' 라는 천둥소리가 붉게 녹슨 철 대문 밖으로 튀어나오곤 했다. 휘청거리는 어린 발걸음은 부모가 창조한 거친 물살에 떠밀려 익사하지 않고 돌아가는 악순환의 고리! 그래도 급물살을 헤쳐 나갈 수 있는 호흡을 나름 지혜롭게 터득했던 것 같다. 왜 그러냐고 묻지도 못한 어린 생각에는 물음표만이 둥둥 떠다녔다. 교과서에서 듣고 배우는 상식에는 정답을 곧잘 찾아내어 가르치는 선생님께 즐거움을 드리곤 했지만, 집으로 돌아온 아이는 늘 의아해하는 일들이 많았다. 그때 다짐을 하며 만일에 어른이 된다면 그리고 엄마가 된다면 절대로 자식에게는 이런 아픔을 전수하지 않을 것을 다짐하고 또 맹세했다.

우리 집에 화초는 어린 포기를 얻어와 키우고 꽃피운 것들이 대부분이다. 물론 이웃과 나누기도 하지만 병들어 죽지 않은 한 오래된 화초가 많다. 어느 해인가 사촌 올케가 어린 남매를 놔두고 암으로 세상을 떠났다. 장례를 치르고 들어선 아파트 베란다에 주인의 손길이 떠난 화분의 꽃들이 목말라하고 있는 모습은 측은하기까지 했다.

두 개의 잎을 떼어와 키운 것이 고목으로 자라 우리 집 베란다의 자리를 차지하고 있다. 그 꽃을 볼 때마다 심성 고왔던 올케의 모습을 보는 듯, 그때 어린 조카들도 다 자라서 가정을 꾸리고 부모가 되기도 한 긴 시간이 흘렀다. 한때 개인의 즐거움을 얻기 위해 손안에 들인 한 포기의 꽃마저도 책임을 다해야 한다는 마음은 예나 지금이나 변함이 없다. 이 또한 한때의 아픔이 나를 성장시킨 결과이다. 결코 잘못된 것은 아니기에 살아있는 날까지 작은 것이라도 홀대하지 않겠다는 것을 다짐한다. 아침 햇살이 밝게 들어오는 초겨울의 아침, 베란다의 식구들은 춥지 않은지 보살피는 시선이 분주하다. 나 또한 저들이 가슴에 하나의 모포가 되기도 하는 것을 알기에 상생의 삶을 이어가고 있다.

두 개의 기름통

큰 애가 비행기표를 보내왔다. 13시간이나 걸리는 장거리 여행길에 오른 것이 2001년 봄이었다. 3개월 비자로 생전 처음 유럽 여행길에 올랐다. 일 년 전, 한 달 된 어린 핏덩이 안고 김포 공항에서 이별할 때 먹먹했던 기억인데 손녀 첫돌을 맞아 어미를 부른 것이다. 도착해서 본 아이들의 외국 생활은 어설퍼 보이기만 했다. 오래된 아파트에 엘리베이터가 오르내리긴 했어도 고전 영화에나 나올 법한 철제로 밖이 환히 내다보이는 낡은 엘리베이터는 소리 또한 요란했다. 신도시가 들어선 우리나라 도시와 견주어 볼 때 과거와 현재의 차이가 컸다. 그곳에서의 생활을 하려면 자동차는 필수 품목이다. 어미를 초대해 놓고 모국 생산업체 자동차를 주문해 놓았다. 수많은 좋은 차가 많은데도 국산품으로 마련했다는 것이 대견스러웠다.

머칠 후, 자동차 길들일(평탄화) 겸 스위스로 여행을 계획하고 출발했다. 거기엔 둘째 사윗감(당시 유학생)도 동행했다. 먼 길 운전도 교대하고 이탈리아어 대화가 서툴다 보니 큰 사위가 도움받을 겸 함께 가자고 한 것 같다. 고속도로를 달려서 코모 Como라는 도시에 도착했다. 풍광이 아름답기로 그 나라에서 세 번째라고 한다. 코모 Como 고속도로 주유소에서 헉헉 달려온 자동차의 허기도 채울 겸, 기름을 넣어야 했고, 사위가 친구에게 기름을 넣어 달라고 부탁했다. 물론 혼자였기에 부탁했다. 그때만 해도 우리에게 셀프는 익숙하지 않은 풍경이다. 콧노래를 부르며 경쾌하게 내린 사위 친구는 성악 전공자의 명랑한 목소리로 기름을 다 넣었다며 차에 올랐다. 잠시 뒤에 일어날 일은 상상도 못 하고 출발했다.

몇 미터나 갔을까? 바퀴에서 이상한 진동이 느껴졌다. 마치 가기 싫다고 떼쓰는 어린아이처럼 주저앉는다. 지금까지 오면서 잘 달리던 새 차가 기름 넣고 나들목을 막 빠진 것인데 덜컹거림은 무언가 안 좋은 예감이다. 도로변에 차를 세우고 흔들어도 보고 주저앉아 들여다보며 불안감은 최고조였다. 한참을 이야기하다가 아뿔싸! 경유차에 휘발유를 넣었다는 것을 알게 됐다. 자신이 먹을 밥이 아니었으니 기계일지라도 속이 불편해서 요동을 치는 상황이다. 콧노래를 부르며 오르던 유학생 친구는 순간 자라목이다.

한참 궁리 끝에 스위스 국경을 넘기 전에 해결해야 한다는 결론이다. 청결하기로 소문난 청정 지역 스위스에서는 폐유로 처분할 수 없다는 것을 두 남자는 이미 알고 있다. 만일에 불법 투척이 들키게 된다면 상당한 벌금을 피할 수 없다고 한다. 고속도로에서 자동차 방향도 바꾸지 못한 채, 후진으로, 주유소로 다시 들어가기를 시도해야만 했다. 어린 것 포함한 여섯 명, 불안은 말할 필요도 없다. 20리터짜리 통 두 개를 샀다. 주유했던 기름(휘발유)을 다시 빼는 작업을 했다. 그 뺀 기름은 처리할 수 없다. 다시 자동차에 싣는데 두 개다 보니 뒷좌석 공간을 순식간 기름통이 차지했다. 냄새도 함께 무임승차 했다.

그때부터 인화성 강한 기름은 불청객이 되어 함께 여행길에 올랐다. 국경을 어떻게 넘을 것인가? 국경 수비대에게 걸리지 않고 무사하게 넘어야 할 텐데… 마치 007작전이라도 하는 것처럼 심장이 두

근거린다. 청결이라고 하면 세계에서 첫 번째라고 하는 나라이기에 타인의 시선에서도 먼저 조심히 된다. 아기 이불로 덮고 신문지로 가리고 해도 냄새까지는 덮지 못했다. 간이 쪼그라들 정도로 염려 했던 일은 무사히 스위스 도로 위를 달리고 있다. 도로변에 붉게 핀 양귀비가 물결이다. 그 기쁨도 잠시, 돌아갈 때 또 한 번 치러야 하는 일이 남아 있다. 여행 내내 긴장할 수밖에 없다. 죄짓고 어찌 사는지? 바르게 살아야 한다는 것을 그때 절실하게 느낀 일이다.

이박삼일 여행을 마치고 돌아가는 길에 국경 수비대도 무사히 넘었다. 그리고 두 젊은 사내가 한숨을 몰아쉰다. 여행 내내 유학생인 사위 친구의 숨었던 자라목도 제자리로 돌아왔다. 딸과 함께 안도의 한숨을 쉬며 근심의 무게를 내려놓았다. 기름통 두 개를 친구 삼아 스위스를 넘은 기억은 두고두고 잊혀 지지 않을 소중한 추억이 되었다. 다시 떠나고 싶은 회상의 시간을 더듬고 있다.

황매화를 보며

어제 효성동 길을 걷다가 황매화를 보았다. 내 어릴 적 살던 그 집 대문 앞에 피었던 겹황매화, 반가움에 옛 친구라도 만난 듯 카메라를 들이댔다. 아버지 없는 우리는 자주 이사해야만 했다. 어느 날 학교를 끝내고 찾아 오라고 일러준 곳으로 갔다. 기분이 좋아서 들어선 순간 하필 나의 반 친구 은주와 마주쳤다. 기역 자 모양의 깨끗한 한옥, 그 아이가 사는 집이다. 너른 마루에 커다란 찬장이 있고 마루는 반들반들 빛이 났다. 마당에는 깊은 우물이 있고 시멘트로 잘 만든 처마 끝 봉당에는 햇볕이 따뜻하게 쏟아져 내리곤 했다. 대문 옆에는 길게 늘어진 황매화가 봄이면 환하게 피어나곤 했다.

한전에 다니는 잘생긴 아버지와 얌전한 엄마. 남동생이 둘이나 있는 부잣집 아이였다. 말수가 없는 아이였다. 그날부터 활동이 불편했다. 학교에 가면 이 반 저 반 드나들고 선생님 심부름도 도맡아 해야 했는데 집에만 오면 발이 묶였다. 가능하면 친구와 마주치는 일이 없도록 방에 들어와 있거나 나가더라도 밖의 동정을 살피기도 했다. 특히 밖으로 나가야 하는 화장실을 가려고 하면 불편함이 이만저만이 아니었다.

얼마 전, 친구 누군가에게 은주 소식을 들었다. 결혼은 행복하지 않았는지 이혼했고 어느 교회 전도사로 지낸다고 하는 말에 그 아이의 얌전했던 모습을 떠올려 보았다. 한 반이어도 말을 별로 하지 않던 아이, 서울로 상급 학교를 갔고 새벽이면 나가서 늦은 시간 돌아오는 발걸음 소리로 들고 나는 것을 확인하기도 했다. 서로가 서로에게 시선을 피하며 거리를 두었다. 때론 예민한 자식의 마음을 헤아려주지 않는 엄마가 원망스러웠다. 아버지의 빈자리가 늘 허전했다. 그 애 아버지가 대단해 보였고 많이 부러웠다. 그래도 그런 마음조차 엄마에게 말하지 못하고 가슴앓이 앓는 아이로 지냈다.

동인천 쪽에 산다고 하는 은주 외할머니가 오셨다. 이틀인가 지난 어느 날 아침, 밥상이 마당 가운데로 와장창 던져졌다. 요란한 소리에 놀라서 보니 갈치며 무친 나물과 그릇들이 사방으로 흩어져 뒹굴고 은주 어머니는 소리도 없이 부엌에서 나오지도 못하고 있다. 딸자식이 사는 모습에 놀랐을 그 애 할머니가 어린 시선에서도 걱정되기도 했다. 여름에는 커다란 수박이 우물 안에 들어가 있고 열무김치 통도 오르락내리락하던 시절이다. 세월이 많이 흘렀다. 수없이 많은 시간이 지났고 몇 번의 황매가 피고 지기를 했을까? 아이가 자라서 어른이 되었고 이젠 황혼이 깃든 시간, 살아온 날보다도 훨씬 적은 시간이 우리 앞에 남았다. 정확히 알 수 없는 여생을 살며 변변치 않지만, 지나온 날들이 그리울 때가 많다. 그 시절에는 어찌 그리도 부러웠는지 황매화 그 꽃을 보는 순간, 어린 날의 시간이 달려 나왔다. 그때 곁에 있었던 동생도 그립다. 세상 떠난 가족들과 친구들의 소식을 그리워하는 시간이다.

머잖아 만나겠지? 흑백 영사기를 통해 본 영화 한 편이 드라마처럼 기억 그 너머에는 그리움만 가득할 뿐, 다가설 수 없는 아쉬움에 목이 칼칼하다.

재롱이 이야기

16년이란 세월 함께 정들었던 '아지 와 재롱이'를 키운 적 있다. 그 둘은 '모자지간'이다 우리 집 막내가 어느 날 갑자기 강아지 키우고 싶다고 떼를 쓰는 바람에 마침 친구 집 새끼 낳은 것을 십만 원에 입양했다. '아지' 가 네 마리의 새끼를 낳았는데 세 마리는 건강했다. 건강한 세 마리는 아이들 친구에게 그냥 보내고 약한 '재롱이'를 조금 더 키워서 누굴 주기라도 한다고 했던 것이 그사이 정이 옴팡 들었다. 그런 이유로 두 마리의 강아지를 오랜 세월 키우게 된다.

강아지의 영리함은 키워 본 경험 없던 내게는 깜짝 놀랄만한 일이다. 단지 사람하고 말을 못 한다는 것 외엔 의사소통이 어렵지 않다. 평소엔 많이 따르던 애들 아빠가 술 취해 들어오는 날이면 소파 아래 숨어들어 나오지 않는다. 물론 거친 말소리에는 마구 짖어대면서 상황을 참견하려는 태도도 볼 수 있다. 꾀는 얼마나 많은지 걷다가 힘들어지면 그 자리에서 안고 가라고 꼼짝을 안 한다. 그런 날이면 등산 가방에 넣어 매고 내려오기도 했다.

부천에서 인천 계양구 효성동 분양받은 아파트로 이사했다. 입주 전에 청소해야 했다. 그날도 아지와 함께 간 곳에서 안절부절못하며 베란다 앞뒤로 종종걸음을 치더니 결국 앞 베란다 배수구를 찾아 자신에 급한 문제를 해결하는 모습은 천재로 느껴졌다. 그날 이후 이사해서도 항상 자신의 볼일은 그곳에서 본다.

어느 해 갑자기 대상포진으로 많이 아팠다. 두 마리 목욕부터 모든 손질이 힘들기에 울면서 '아지'는 친척 집으로 보내고 '재롱이'만 수 년을 더 키웠다. 해가 갈수록 백내장이 오고 암까지 왔다. 동물 병원 에서 내려진 진단 결과 서울대학 동물병원에 입원시켜야 한다는 말 에 경제적인 여유도 없고 해서 그 아픔을 집에서 다 지켜봐야만 했 다. 눈이 어두워지니 침대 모서리를 들이박고는 아파서 소리 지르기 일쑤이고 한 번씩 병원에 다녀오는 날이면 치료비 역시 무시할 수 없이 힘거웠다. 살아 있는 목숨이 아파하는데 그냥 둘 수도 없는 일, 치료와 약으로 병행하기도 했다.

혼자 산다는 것이 밖에 볼일이 없는 경우에는 사흘도 말을 안 할 경우도 있다. 유일하게 얘기 상대가 되어 준다고 할까? 혼자 떠드는 말이라도 '재롱이'를 거두면서 말하게 된다는 것은 유일한 즐거움이 기도 했다.

공부를 시작하면서 집을 비울 때가 많았다. 아침에 나가려고 하면 현관 앞에서 안타까운 시선으로 쪼그려 앉아 있다가 문이 닫히고 나 면 울음이다. 그 울음소리를 등으로 들으며 나가는 걸음이 가벼울 리 없다. 시험을 보고 늦은 귀가 시간, 현관문을 열면 좋아서 펄펄 뛴 다. 언제 누가 이리도 반긴 적 있을까? 묻고 싶을 만큼 환영식을 치 르고 나면 제자리로 돌아가 슬며시 잠이 든다.

점점 재롱의 건강이 나빠지고 그사이 졸업을 앞두었다. 논문도 준 비하고 함께할 시간이 줄어들고 있는 어느 날, 수일 내에 재롱이 와 의 이별이 다가오고 있음이 느껴졌다. 그날 아침에 깨끗한 분홍빛 수건을 폭신하게 접어 햇살 밝은 베란다에 깔아 주고 물과 먹이를 머리맡에 챙겨두고 떨어지지 않는 마음을 앞세워 학교로 갔다. 마음은 온종일 집에 재롱이 곁에 서성이고 있다.

시험을 마치자 바로 달려오니 베란다에 깔아준 수건에 누워있는 것이 아니라 현관 앞에서 나를 기다리고 있다. 안아 달라고 몸을 세우려 하는데 세워지지 않는 힘없음이 느껴진다. 품에 안았다. 가벼울 대로 가벼운 몸이 가슴에 고개를 묻는다. 주르륵 뜨거움이 재롱이 등으로 떨어진다. 베란다 쪽으로 가서 편안하게 타올 위에 뉘이니 다시 나를 향해서 몸부림이다. 다시 가슴에 안자 조용해진다. 버팀도 갈망도 없이 십여 년의 동고동락했던 재롱이가 나의 품에서 잠이 들었다. 영원히 깰 수 없는 깊은 잠 속으로…. 힘든 긴 기다림의 시간을 견디고 결국 내 품 안에서 고요히 잠이 든다.

아픈 통증으로 내가 오기를 기다린 생명을 생각하니 많이 미안하고 또 미안했다. 십수 년을 기쁨과 때론 놀라움까지 선물해 주던 우리 재롱이, 그리고 아직 아름다운 기억 함께할 수 있어서 고마웠다.

이혜경

충북 진천 출생
한국 방송대학교 국어국문과 졸
중앙대 예술대학원 문예창작과 전문과 과정 수료
시집《생의 바다를 건너다》
새한국문학 시 등단(2013)
《에세이문학》 초회 추천(2025)
고양시 문협 회원

K 호미

이희숙

신문 기사에 'K' 글자가 눈에 띈다. 코리아 타임즈 미디어 그룹이 주최하는 뮤직 페스티벌 2023 K팝 경연대회에 전 세계에서 천여 명이 출전해 폭발적인 인기를 누렸다고 한다. 로스앤젤레스에서 케이팝 열풍을 한층 끌어올렸다는 기사다. 게다가 한 미국 유튜버가 소개한 K 냉동 Kimbap이 미국을 중심으로 해외에서 인기가 상승해 완판되었다고 한다. "어머 진짜?" 믿을 수 없는 기사에 재미교포인 나도 입꼬리가 올라간다.

한국문학 작품이 국제 문학상을 받고, 해외 출간이 상승하며 한류 문학에 관심이 높아지고 있다. 한강 작가가 노벨문학상을 수상하는 쾌거를 부르지 않았는가. 타민족에게서 한국 드라마에 관한 이야기를 종종 듣곤 한다. 여러 콘텐츠와 아티스트를 매개로 나이, 지역, 인종에 따른 차별이 없이 대화하고 공감하다니 놀랍다. 개성과 보편성을 가진 채 세계를 관통하며 연결하는 예술 문화적 현상을 실감한다.

하늘이 흐린 날이었다. 내일을 기약할 수 없는 시간을 보냈다. 은퇴 후 집에 거한 지 어언 여러 달이 지났다. 내가 아침 여섯 시에 출근하면 아침과 점심 식사를 혼자 해결해야 했던 남편이 제일 신나했다. 나 역시 면역성이 약한 노약자로 딸은 외출금지령까지 내리고 나를 집에 묶어놓았다. 움츠린 나의 마음에 회색 구름이 드리워졌다. 뿌옇고 형태를 알 수 없는 미로 속을 지나가는 것 같았다.

마음의 혼돈에서 탈출하기 위해 뭔가를 하고 싶었다. 구름을 걷어 내는 맨 처음 작업은 텃밭을 만드는 것이었다. 궁리 끝에 마당 구석 의 쓸모없는 잔디를 뒤엎어 농작물이 자랄 수 있는 땅으로 바꾸어 보자고 했다. 몸을 쓰는 단순노동. 땀을 흘리는 수고를 통해 정신적 생산의 가치를 찾고 싶었다. 해야 할 일이 많지만 조급해하지 말고 하나씩 이루어 가기로 했다.

나는 창고로 향해 첫걸음을 떼었다. 오랜만에 햇빛을 보는 연장을 나열해 놓고 용도를 살펴보았다. 제일 먼저 우직하면서 널찍한 날을 가진 삽에 눈길이 갔다. 삽은 누구나 사용할 수 있어 인기가 많고 넓 거나 좁은 구덩이를 파는 데 최고다. 삽을 남편이 애용하는 농기구 라고 한다면 나는 화분 갈이를 할 때 작은 손 삽을 즐겨 쓴다. 삽의 사촌이라 할 수 있는 괭이는 땅을 찍어서 파고 흙을 고를 때 사용한 다. 나뭇잎을 긁어모을 때는 마치 손가락을 쫙 벌린 것처럼 끝이 갈 라진 갈퀴를 쓴다. 말할 나위 없이 뜰을 청소할 땐 부챗살 같은 갈퀴 를 선택한다. 모두 자신의 역할을 다하는 일등 공신 농기구다.

그 여러 연장 가운데에서 'ㄱ'자 모양의 호미에 마음이 끌렸다. 나 같이 근력이 약한 여성에게 어울리는 연장이기 때문이다. 쇠로 만들 어져 날, 슴베, 자루로 구성된 모습이 매력적이다. 목 부분은 곡선으 로 구부러져 섬세하게 꺾인 각도가 가냘프지만 강인한 여인을 연상 케 한다. 슴베는 날과 목을 나무 손잡이 자루에 연결한다. 호미를 존 재케 하는 중요한 부분이다. 날은 땅을 파거나 풀을 뽑는 데 좋다. 비 대칭 삼각형의 삽날은 쇠의 거친 맛으로 좁고 길게 팔 수 있다. 잡초 를 제거하는 데 제격이다. 불청객을 예리하게 뽑아내는 모습이 내 마음을 사로잡았다.

바쁜 일정 때문에 미처 뽑지 못한 잡초가 때를 만난 듯 마구 자랐다. 노란 꽃까지 피워내니 야생화 동산으로 변하는 걸 막을 수 없나 보다. 잡초를 하루 뽑고 나면 사흘 동안 팔다리가 아파 절절매는 처지다. 생존하려는 질긴 근성을 막을 수 없어, 그냥 너도 같이 자라라고 어쩔 수 없는 아량을 베풀어야 할까? 필요하지 않은 풀이 고개를 들지 못하도록 검정 비닐로 덮어야 하나? 우후죽순 올라오는 잡초만큼이나 나의 머릿속도 헝클어진다. 텃밭이 유난히 넓어 보이는 건 황량한 마음 때문일 것이다. 어지러운 혼돈 속에서 호미는 해결사로 등장했다.

그 호미를 들고 텃밭을 만들겠다는 야무진 계획을 수행하려 했다. 맡은 바를 충실히 수행하는 연장이 곁에 있기에 밭으로 향하는 내 발걸음은 힘찼다. 쓸모없는 잡초가 더 번성해가는 것은 세상에 뿌리를 내리는 악의 근성을 보는 듯하다. 튼튼하게 뿌리를 내려 번성하는 잡초에 진저리가 날 정도이다. 나도 마음속에 자리 잡으려 하는 걱정의 근원을 송두리째 제거해주는 호미 한 자루가 필요하지 않을까. 그것은 부정적인 요소가 자리를 잡지 못하도록 마음 밭을 곱게 다져 옥토로 만드는 소중한 도구이지 않은가.

마침 비가 내린 덕분에 땅이 부드러워 텃밭 작업이 수월했다. 잔디를 두 차례 뒤집어엎었다. 남편이 삽으로 파서 땅을 엎으면 나는 호미로 흙덩어리를 부수고 잔디와 잡초를 골라 뽑았다. 여유 있는 공간을 만들어주어 작물이 마음껏 자랄 환경을 조성해주었다. 밭을 갈고 이랑을 파고 거름을 섞어 질이 좋은 성분의 토양을 만들었다. 지

렁이가 꿈틀거리며 딱딱한 땅의 표면을 열면 사이사이로 새싹이 얼굴을 내밀 것이다. 어린 손주의 연두색 생명이 태어나듯이.

호미는 가볍고 손안에 꼬옥 잡히니 어느 곳에든 사용하기 쉽다. 여성에게 안성맞춤인 도구다. 슬기로운 시집살이를 위한 효녀 품목이 아니었을까? 미국의 한국 마켓에서 호미를 처음 보았을 때 보물을 발견한 듯 기뻤다. 구매해 온 호미는 내가 정원에서 가장 즐겨 사용하는 연장이 되었다. 조상의 지혜가 담긴 한국 고유의 소형 다목적 농기구이기 때문이다.

기계 산업이 발달한 요즈음에도 호미는 소규모 대장간에서 화덕에서 가열 후 망치로 두들겨 손으로 제작한다고 했다. 용광로에서 녹이고 장인의 손길로 태어나는 예술품 같은 느낌마저 든다. 기계로 복사하지 못하기에 가격이 비싸지만, 온라인 쇼핑 아마존에서 불티나게 팔린다. 호미 손잡이에 한글로 '영주 대장간'이라는 문구가 새겨진 채, 경북 영주에서 석 대표는 장인 정신으로 인체공학적인 우수한 농기구를 수작업으로 만들어 낸다는 것이다. 외국인에게 잘 팔리는 '활용성이 높은 원예용품 톱10'에 들었다는 기사를 보며 가슴이 뿌듯했다.

어느 날 중학교 2학년 외국 소녀가 우리 학교를 방문하여 한국어를 배우고 싶다고 했다. 왜 배우고 싶으냐고 물으니, K팝의 엑소, 빅뱅, 방탄소년단의 노래를 부르고 싶어서라고 했다. 나는 외국 학생에게 한글을 쉽게 가르치기 위한 교재와 교수 방법을 궁리했다. 한글이 만들어진 목적과 원리에 관해 설명하고 '가, 나, 다, 라'부터 소개했다. 마지막 단계에서 방탄소년단의 노래 가사를 찾아 읽게 했는데 그녀에게 친밀한 접근을 시도하기 위해서였다. '이 세상이 뭐라건 넌 내게 최고. 너 그대로. 누가 뭐래도 넌 괜찮아. 21세기 소녀들아 넌 충분히 아름다워.' 노래 가사 내용은 10대가 거부감 없이 수용하여 자존감을 느낄 수 있도록 했다. 공감할 수 있는 메시지가 팬들에게 전달되어 사랑받는 이유라는 걸 알았다.

과거엔 상상할 수 없던 일이 아닌가. 글로벌 한류 열풍의 주역으로서 긍정적인 국가 이미지 형성에 기여하고 있다니. 방탄소년단 노래 가사에 '호미'가 등장한다. '나에겐 호미가 있어. 들어는 봤니? 한국에서 온 철로 만든 것인데 최고야!' 농기구인 호미는 가까운 친구라는 뜻의 '호미(homie, homey)'를 떠올리게 해 더욱 호평받았다. 그뿐만 아니라 인터넷에 호미 사진까지 올라와 글로벌 농기구로 발돋움했다. 세계가 인정하는 연장이 된 것이다.

마침내 호미가 '한류 호미, K Homi'가 되었다. 전통을 중요시하며 한국인의 인내와 끈기로 생존해 세계적인 농기구로 거듭난 호미에 찬사를 보낸다.

오늘도 나는 호미를 들고 텃밭으로 향한다.

가난 속에 핀 드림

　새로 입학하는 학부모가 "이 동네는 안전한가요? 이웃이 위험하지 않나요?"라고 묻는다. 월요일 아침 출근한 나는 열쇠를 꺼내다가 깜짝 놀랐다. 멀쩡하던 학교 입구 철 대문이 쓰러져 있는 게 아닌가. 드라이브 웨이를 가로질러 널브러져 있는 단단한 쇠기둥을 보며 어안이 벙벙했다. 아니, 이게 웬일이야? 지난 주말에 누군가가 차로 들이박은 흔적이다. 철공소에 전화하고 구부러진 철을 뜨거운 불로 야들야들 녹여 펴 일으켜 세우고 레일을 고치니 철문이 열렸다. 등교하는 학부모가 불편하지 않도록 큰길에 서서 교통정리를 하며 오전 내내 애를 태웠다.

　등교 시간이 지나 학교 앞이 조용해지자 사무실로 들어서는 내게 뒷집 아저씨가 다가왔다. 지난 토요일에 뒤 아파트 단지에서 나온 차가 직진하여 우리 철문을 부순 후 뺑소니쳤다는 것이다. 그는 그 순간의 긴박했던 감정이 다시 떠오르는 듯 재빠르게 핸드폰을 꺼내더니 촬영한 동영상을 보여주었다. 다행히 철문을 들이받은 회색 차가 급히 뒤로 차를 빼더니 횡하니 떠나는 뒷모습에서 번호판을 읽을 수 있었다. "가해자를 처벌하고 피해액을 보상받기를 원합니까?" 리포트를 하는 내게 경찰이 물었다. 나는 차마 그 남자를 범죄자로 만들 수는 없었다. 이웃 사람이 밤에 실수했겠다고 여기며 리포트를 하는 것으로 끝내겠다고 했다. 동영상을 촬영해 준 아저씨처럼 그 사람도 분명 이웃일 터인데 하는 생각이 들었기 때문이다.

예전에는 학교의 담이 벽돌로 막혀 있었는데 그것을 부수고 여닫이 철문을 만들어 드라이브 길로 만들었다. 일방통행으로 길 정리를 하니 우리에게 안전하고 효율적이라 여겼지만, 예상치 못한 문제가 생겼다. 뒷동네로부터 차가 반대 방향에서 들어오는 위험한 일이 가끔 일어나는 것이었다. ‘Do not Enter, Private Property, No Trespassing’ 사인 판을 걸었는데도 소용없었다. 그 사인을 본 사람은 더 속력을 내어 빠져나갔다. 지나가는 차의 운전자에게 저 사인 판을 못 보았느냐고 다그치니 ‘지름길, short cut’이라고 웃으며 대답하는 사람도 있었다. 난 할 말을 잃었다. 이웃인데 화를 낼 수도 없고, 어디까지 그들의 편의를 봐주어야 하는지 고민했다.

『파친코』가 전 세계의 높은 관심을 받았다. 통합 콘텐츠 랭킹 1순위를 차지했다. 애플 TV에서 오리지널 시리즈 드라마로 제작하여 OTT 서비스 넷플릭스와 극장에서 상영했다. 원작은 재미교포 작가 이민진이 쓴 소설이다.

소설의 첫 문장은 ‘역사가 우릴 망쳐 놨지만 그래도 상관없다.’라고 시작한다. ‘파친코’는 돈을 주고 구입한 구슬을 기계 장치로 튀겨 구멍에 넣은 후 그림의 정해진 짝을 맞추면 일정 액수의 돈이 나오는 도박 기기다. 소설의 제목이 왜 하필 ‘파친코’일까? 의아했다. 소설책을 덮을 때에서야 그 단어가 가난과 범죄의 냄새를 강하게 풍기며 조선인 운명의 굴레를 상징한다는 것을 알게 되었다. 두 권으로 엮은 이 장편소설은 미국 컬럼비아 대학에 유학을 다녀온 4대 손자 솔로몬도 뉴욕의 금융계에서 해고된 뒤 아버지의 파친코 사업을 이어받는다는 조선인의 운명을 다룬 이야기다. 가난이라는 불평등 속에서도 희망을 잃지 않고 꿋꿋이 살아온 재일교포의 피와 눈물의 대서사다.

주인공이 고국을 떠나 처음 일본 땅에 발을 디딘 곳은 '이카이노'라는 지역이었다. 그곳은 '초라하기 그지없는 판잣집들로 똑같이 값싼 자재로 엉성하게 지어져 있었다. 무광택 신문지와 타르 지가 창문 안쪽을 덮고 있었고, 지붕에 사용된 금속은 녹슬어 있었다. 집들은 엉망으로 망가져 있었고 오두막이나 텐트와 다를 바가 없었다. 돼지와 조선인만이 살 수 있는 곳이라고 불렸고 이웃엔 안에서 돼지를 기르는 집도 있었다. 일본인은 괜찮은 땅은 조선인에게 임대해 주지 않았기에 조선인들은 이곳에 모여 살았다.'라고 묘사되어 있다.

작가 이민진 역시 새로운 삶을 찾아온 미국에서 뉴욕 가난한 동네의 쥐가 나오는 방 한 칸짜리 아파트에서 다섯 식구가 살았다. 헌신적인 부모의 뒷바라지로 예일대를 졸업하고 변호사로 활동한 후 이민자의 삶을 소설로 엮었다. 그녀가 일본에서 4년간 거하며 쓴 이 책은 뉴욕타임스 베스트셀러, USA투데이 올해의 책 등으로 인정받아 폭발적인 반응을 일으켰다. 『파친코』에 그려진 1940년대 오사카 재일교포 밀집 지역 이카이노의 충격적인 모습을 읽으며 캘리포니아 애너하임 내가 일하는 학교 뒤 아파트 단지가 떠올랐다.

나는 20대에 서울 초등학교에서 교직 생활을 시작했다. 30대에 미국으로 온 후 애너하임에서 백인 원장으로부터 인수한 어린이학교(Day Care Center)를 30년 동안 운영했다. 나름 민족에 대한 자부심을 지니고 한글 '어린이학교' 간판을 걸었다. 주변의 외국 아이들뿐만 아니라 교포 2세들이 멀리에서도 찾아왔다. 우리 예절과 한글을 가르치고 한국 음식을 제공했기 때문이다.

특히 이곳은 대도시로 프리웨이가 가까워 교통이 편리하고, 상권과 학교, 병원, 공원이 가까운 곳에 있기에 여러 민족의 중산층이 거주했다. 이민 1세인 나는 한인 위주로 운영했지만, 점차 17개국이 넘는 다민족 학교로 변했다. 세월이 흐르면서 외면했던 지역 내의 타민족 어린이에게도 눈을 돌려 관심을 표했다. 인종 분포도 다양해 여러 국적의 어린이가 함께 생활하며 공부하고 문화를 나누었다. 서로서로 타문화를 접할 수 있어 흥미롭고 새로운 의욕을 주었다.

학부모가 이 동네가 안전한가를 물을 때, 처음엔 자녀교육에 관심이 많은 탓에 뒷동네의 아파트 단지가 신경이 쓰이나 보다고 생각했다. 한편 왜 그런 질문을 했을까를 곰곰이 생각해 보았다. 대도시의 아파트가 밀집된 지역은 저소득층이 많이 모여 살았다. 당연히 이민을 갓 오거나 수입이 적은 서민이 거주하는 지역이 되었다. 그러다 보면 그 지역의 학교는 가주 모의고사 점수가 낮아 교육열이 높은 학부모는 피하게 될 수밖에 없다. 형편이 나아지면 곧바로 학군이 좋다는 백인 거주 지역으로 이주하는 현상이 일어났다.

가난한 동네를 우범 지역으로 인식하는 사람을 보며 마음이 언짢았다. '가난한 동네'는 '나쁜 동네'가 아니다. 빈곤으로 인해 도래하는 불편과 힘든 점이 있는 건 사실이다. 더럽게 어질러진 주변, 소음, 공중의식 결핍 등 외면할 수 없는 어려움을 겪었다. 그렇지만 오히려 가난한 동네의 생활 속에서 순수한 마음을 찾아볼 수 있었다. 물질의 궁핍과 어려움을 겪던 모국보다 편리하고 나은 생활환경에 감사하며 많은 자녀를 거느리는 낙천적인 모습을 보았다. 그런 삶을 보며 행복과 물질은 비례하지 않는다는 것을 깨달았다.

사람들은 가난하게 사는 데는 원인이 있다고 생각한다. 게으르거나 돈 관리를 못 해서 심지어는 가난한 것은 네 탓이라고 말한다. 그렇지만 세상은 늘 공정하지는 않기 때문에 행위와 상관없이 사건과 사고를 당하기도 한다. 또한 가난의 세습과 빈곤의 악순환을 어떻게 설명하겠는가? 부모의 가난으로 대학을 진학하지 못하는 청소년이 겪는 반복되는 어려움이 도사린 채 가려져 있다. 더욱이 이민 초기의 생활은 '가난'에서 시작한다. 아무 터전이 없는 곳에서 출발은 맨손일 수 있으니까.

가난은 극복할 수 있다. 빈곤자나 이민자의 자손이 가난한 동네에서 열악한 환경을 이겨내고 성공하는 사례를 많이 볼 수 있지 않은가. 미래에 대한 꿈은 가난한 동네에서도 꽃을 피우고 있기 때문이다.

내일의 나무를 심는다

　나이 탓일까? 그동안 해오던 일상이 벅차게 느껴져 손을 놓고 싶다. 예상치 못한 비보가 세계를 흔들었다. 코로나바이러스 공포가 휘몰아쳐 자택 격리 행정명령으로 일상생활을 마비시켰다. 어린이와의 생활이 깨졌다. 하루 앞을 내다볼 수 없는 상황이 되었고 학교 문을 닫았다.

　기다리는 마음 때문에 더 길게 느껴지는 탓인지 보고 싶은 얼굴이 오버랩 된다. 폐쇄된 양로병원에 홀로 계신 어머니, 어린이, 친구, 교우, 동료와의 관계 단절이 힘들다. 코로나바이러스로 인해 졸업과 입학을 축하하는 행사를 할 수 없다. 한 과정을 시작하고 맺는 메시지도 전하지 못한다. 학생과 학부모가 없는 식장을 꾸미고 개인 사진과 영상을 준비하여 졸업식을 대신한다. 안아주지도 못하고 설렘은 아쉬움으로 남은 채, 학생을 보내고 맞이하며 그림자 위에 '교육'이라는 실상을 덧입혀 본다. 마음을 달래며 난생처음 겪는 재앙 대책 프로그램을 신청한다. 불투명한 어린이학교 운영의 어려움으로 의욕을 잃고 침울해지며 은퇴해야겠다는 마음이 간절한 바람으로 다가온다.

　지금 운영하는 어린이학교는 젊음의 열정으로 황무지에서 이루어 낸 교육 현장의 결정체이다. 태평양을 건너와 삼십 대 후반에 개교했는데 이제 육십 대 후반을 지난다. 땀과 정성이 깃든 이곳을 떠나게 된다는 사실에 마음이 갈피를 잡지 못하고 어수선하다.

학교 곳곳에 나의 손때 묻은 흔적이 보인다. 손수 만들어 활용했던 교육자료, 색색 천을 바느질하여 벽에 걸어둔 빛바랜 환경장식, 낡은 책상과 책장이 놓인 사무실은 거의 30년 전 모습 그대로다. 동요와 옛날이야기가 담긴 카세트는 여전히 책장 위 제자리에 앉아 있다. 철마다 들려주었던 카세트의 노래 속에는 잊지 못할 기억과 행사가 담겨 있다. 해마다 찍은 졸업생의 사진이 사무실 벽에서 그때 그 모습으로 웃고 있다. 다목적 교실 문을 들어서면 벽 한쪽에 진열된 낡은 비디오도 있다. 비가 와서 바깥 놀이를 못 할 땐 이 비디오를 즐겨 상영하곤 한다. 정성 어린 손길의 흔적을 통해 그때 느꼈던 감정은 내 마음속에 고스란히 남아있다. 익숙지 못한 손놀림으로 페인트칠했던 노랑 초록 울타리까지.

교정을 둘러보며 걷는데 발걸음이 멈추어지는 것이 아닌가. 눈길이 닿는 곳에 아보카도 나무가 서 있다. 우리 곁을 지켜 오며 많은 사랑을 받았던 나무다. 바라볼수록 분신을 떼어 놓는 것처럼 아쉬운 것은 무슨 까닭일까? 1993년 새로 이전해 온 어린이학교 교정 구석에서 어린 아보카도 나무를 처음 만났다. 교정에는 늙은 호두나무가 연륜을 자랑하고 있었고, 잔디밭엔 나지막한 라임 나무가 귀여운 손짓을 했다. 올리브 열매가 까맣게 익어 모래밭을 덮고, 부겐빌레아 진분홍 꽃그늘이 아늑한 분위기를 자아냈다. 그 틈에서 키 작은 아보카도 나무가 낮은 어깨를 겨누고 있었다. 옛 주인이 많은 나무를 정성껏 가꾸었기에 어린이학교 교정은 아름다운 운치가 있었다. 바로 그 새 교정에 어린 아보카도 나무가 있었다.

넓은 장소에서 주 인가를 받은 혜택에 감사하기 위해 운영시간을 전후 한 시간씩 연장했다. 토요일에도 일하는 부모를 위해 한글과 예능 교실을 열었다. 엄마가 출근하며 내려준 어린이를 아침을 먹인 후 학교에 데려다주고, 방과 후 데리고 와 숙제 지도까지 Before, After School 프로그램으로 학부모에게 편의를 제공했다. 결과 큰 규모의 다민족 학교로 성장하여 해마다 100명의 어린이를 교육하며 많은 졸업생을 배출했다. 작은 아보카도 나무가 아름드리나무로 성장하듯이. 자라온 환경과 언어, 음식, 문화가 다른 타민족 어린이를 불평이나 사고 없이 양육했다는 것이 얼마나 고마운 일인지. 30년이 지났어도 여전히 아찔한 체험으로 남아있다.

우리가 사는 캘리포니아는 여러 인종이 어우러진 정원과 같은 공간이다. 그 속의 작은 터. 우리 어린이학교에선 17개국이 넘는 어린이가 성장했다. 한 울타리 속에서 많은 종족이 서로 삶을 비비며 나누었다. 피부색, 언어, 문화가 다른 민족의 어린이가 자신의 향을 지니고 새롭고 독특한 나무 무늬를 만드는 것이 아닐는지. 각각 작은 나무가 연합하여 거대한 미국을 이끌어갈 것이다. 각자 다른 가정에서 자란 탓에 서로 적응하기에는 어려움이 많았다. 공동체 안에서 규칙을 익히고 사회성을 기르려 부단히 애썼다. 함께 놀고 프로그램에 몰두하며 서로를 바라보는 눈망울 속에 같은 꿈을 공유했다. 아이들은 지혜가 자라며 서로를 이해하기 시작했다. 사랑을 나누고 허물까지 보듬었다. 다민족 어린이가 눈높이를 맞추고 어깨동무했다. 타문화를 존중하며 꽃을 피우는 다채로운 정원이 되었다.

항상 우리 어린이학교에 태극기와 성조기를 나란히 게양했다. 행사 땐 두 나라의 국가를 불렀다. 외국 어린이도 힘찬 목소리로 "동해

물과 백두산이…."라고 열창했다. 또한 우리 2, 3세가 자랑스러운 한국인으로서 모범적인 미국 시민이 되길 바라며 교육목표로 삼았다. 특히 한국 문화와 음식을 접할 수 있는 장점에 한인 사회로부터 좋은 호응을 얻었다. 지역 커뮤니티와 이민 사회에 필요한 교육기관으로 한몫하며 성장했다.

여러 교사와 한 마음 되어 열심히 임한 결과 학교의 인지도가 높아지고 입학하는 인원수가 증가했다. 더 많은 어린이를 수용하기 위해 옆 건물을 매입하여 확장하고 놀이터가 더 필요하게 되었다. 어린이가 우선이라는 생각에 아쉽지만 모든 나무를 정리하고 한 그루만 남겼다. 바로 잔디밭 구석의 어린 아보카도 나무였다.

아보카도 나무는 홀로 남아 외로움을 타지 않고 아이들의 웃음소리를 먹으며 쑤우 쑥 성장했다. 날이 갈수록 어린이의 키를 훌쩍 넘어 학교 건물 높이와 견주었다. 나뭇가지는 널따란 잎을 매달아 뜨거운 햇살을 막아주고 바람을 일으켜 쉼과 대화의 공간을 제공해 주었다. 그늘을 만들고 아래 놓인 의자에 아이들이 앉아 이야기꽃을 피웠다. 흰 꽃이 만개하면 향기로운 내음이 교정에 꽉 찼고, 생명을 잉태해 열매를 맺었다. 가을이 되면 담백 고소한 맛으로 선물을 안겨주었다. 추수철엔 아이와 학부모, 교사와 친지까지 열매를 나누며 감사의 마음을 전하였다.

나무는 연하고 가늘던 허리가 거칠고 굵은 나이테로 연륜을 쌓아갔다. 30년이란 긴 세월을 지나며 우리 곁에서 극복해야 할 난제의 고비를 넘어 변함없이 같이했다. 이민 생활에서 일구어낸 성취의 기쁨을 나누었다. 인생의 동무가 되어 결실된 감사를 보여주지 않았는

가. 학교의 성장 과정을 묵묵히 지켜보며 기록된 역사의 이야기를 품고 있다.

이제 애너하임 어린이학교 교정에서 많은 사랑을 받아온 아보카도 나무를 역사 속으로 보낸다. 다른 외국 원장이 이 학교를 인수하여 운영할 것이다. 여전히 아보카도 나무는 제자리에 남아 제 역할을 다하겠지. 그 나무를 바라보니 분신을 떼어 놓는 것처럼 아쉬웠다. 학교를 넘기기로 작정하고 정리하면서 유독 아보카도 나무에 대해 아쉬움을 토로하는 나를 조카가 위로했다. 그 조카 역시 이 나무를 보며 함께 자랐고 졸업 후 대학으로 진학하는 열매를 맺는 시기에 있다. 언젠가 그 열매를 따 먹고 씨를 화분에 심어 키웠다고 했다. 그 묘목을 내 집으로 가져오겠다는 거였다. 어린이학교에 심은 꿈을 집으로 옮겨갈 수 있다니!

식목일을 정하고 아기 나무를 화분에서 넓은 땅으로 옮겨심기로 했다. 우리 집에서 햇볕이 좋고 물 빠짐이 좋은 적당한 장소를 골라 은퇴 후의 새 터전으로 삼았다. 조카와 손주, 다섯 명이 연장을 들고 모였다. 삽으로 땅을 파 구덩이를 만들고, 연약한 뿌리에 물을 주고 거름을 부어 흙을 북돋웠다. 행여나 뿌리를 건드리지 않도록 조심스레 정성을 다해 작업했다. 지난날 고국을 떠나 우리가 겪었던 이민 생활의 정착과도 같은 상황이라 생각했다.

은퇴라는 저무는 계절에 다져진 관록을 밑거름 삼아 제2 인생의 발돋움으로 어린나무를 심는다. 내일의 나무를 심는다. 나는 이곳 일터를 떠나더라도 새 터전에 또 다른 묘목을 심어 성장시키려 한다. 그동안 아이들과 아보카도 나무를 키웠던 것과 다를 바 없다. 은퇴해도 남아 있는 저만치의 길을 갈 수 있다는 여지를 주지 않는가. 여전히 봄을 키우려는 여력의 몸부림일 수 있다. 나는 후세를 위한 나무를 심으려 한다. 영국 속담에 '1년이 행복해지려면 정원사가 되고, 평생이 행복해지려면 나무를 심어라.'라고 한다.

묘목은 자라나 아름드리나무로 자리 잡을 날이 올 것이다. 미래 어느 날에 우리는 자취를 감추더라도 나무는 여전히 그 자리에서 후손들의 성장과 활약을 지켜볼 것이다. 그들에게 이국땅에 정착한 이민 1세인 부모와 조부모의 교육 유산과 자취에 관해 이야기하겠지. 새 역사가 뿌리를 내린 날이라고 기억될 것이다.

빨강 신호등 앞에서

하굣길에 어린이를 태우고 조심히 운전하고 있었다. 주변의 차와 같은 속도로 흐름을 유지하며 가는데 갑자기 앞차가 비상등을 켜며 섰다. 서 있는 차를 비켜 가야 하는 상황이 벌어져 순발력이 필요했다. 깜빡이를 켜고 수신호를 주며 차선을 바꾸려는 신호를 주었다. 그렇지만 웬걸 양보할 줄 알았던 뒤차는 오히려 '빵빵' 요란한 소리를 냈다. 놀라 주춤거리며 차선을 바꾸지 못하고 기다리는데 더 빠른 속도로 앞을 향해 달려 나갔다. 괘씸한 생각이 들었지만, '무척 급한가 보구나'라고 마음을 고쳐먹었다.

한참이 지나서야 옆 차선으로 진입해 길을 가로막고 있는 앞차를 비켜날 수 있었다. 안정을 취하며 얼마를 달려 사거리에 이르니 빨강 신호등에 불이 들어왔다. 서서히 차를 멈추고 보니 내빼던 바로 그 차가 신호등 앞에 멈춰 서 있는 것이 아닌가. 응? 아까 나보다 훨씬 빨리 달려갔는데. 그렇게 앞서갈 것 같았지만 나랑 같은 곳에 서 있잖아. 결국 다시 만나는 모양새에 나도 모르게 콧방귀를 뀌었다.

초록 불을 기다리는 사이에 많은 생각이 몰려왔다. 지난날에 나도 목표를 빨리 달성하려고 저렇게 무례하게 달렸을까? 제 속도로 주행한 사람과 신호등 앞에서 어차피 만나는걸. 귀에 거슬리는 소리까지 내면서 양보와 배려 없이 행하지는 않았는지를 점검했다. 이민 생활에 적응하기 위해 열심히 살았다는 내 생각에 빨간불이 켜졌다.

도전하며 급하게 살아온 내 이민의 삶을 되돌아본다. 맨손으로 로

스앤젤레스에 도착한 이민 초기의 재산은 큰 이민 가방뿐이었다. 갓 20대에 서울교육대학을 졸업하고 초등학교에서 교편을 잡았다. 태평양을 건너 이민 온 낯선 미국 땅에서 내가 할 수 있고, 하고 싶은 일은 어린이 교육이었다. 이민 2세를 위한 교육기관을 설립하기로 했다. 우여곡절 끝에 가든그로브에 집 한 채를 마련하여 작은 규모의 어린이집(Family Day Care)을 열었다. 주 인가 어린이집을 설립하고 운영하는 것은 불모지에서 새로운 터를 닦는 것 같았다. 한국에서의 교직 경력은 별로 도움이 되지 않았다. 생소한 분야에 뛰어들어 하나하나 규칙과 법을 배워야 했다. 문화가 다른 타국이기에 새로운 출발을 위한 용기 있는 도전이 필요했다.

이른 아침 6시부터 저녁 7시까지 몸을 아끼지 않고 최선을 다했다. 학부모의 관심과 호응으로 6개월 만에 정원 수를 훌쩍 넘겼다. 제한된 공간에 허락된 주 인가 인원 수를 초과하게 되어 걱정스러웠다. 더 많은 인원 수를 허가받으려면 주민공청회(Public Hearing)를 통과해야 하는데, 협회가 조직되어 있는 조용한 주택지이기에 불가능하겠다고 판단했다. 어떻게 시도해야 하나? 망설이며 다른 방법을 찾아야 하는지를 고민하고 있었다.

추수감사절 연휴 바로 전날, 검사관이 예고 없이 들이닥쳤다. 걱정하던 대로 인원 수가 정원을 넘었기에 지적받았다. 인원 수를 줄여야 했다. 잘 적응해 다니고 있는 어린이 몇 명을 강제로 퇴원시켜야 하므로 앞이 캄캄했다. 사면이 막힌 깜깜한 공간에 갇힌 상태에서 애써 마음을 추스르고 침착하려 했다. 학부모에게 양해를 구하고 문제를 해결할 수 있었지만 새로운 과제가 생겼다. 마음 놓고 많은 어린이를 양육하고 교육할 수 있는 더 넓은 장소가 필요했다. 현실적으로 불가능한 일이지만 여기서 주저앉을 수는 없었다. 감사절인데 이 상황에서 무엇을 감사해야 할까? 내 능력 밖의 일로 길이 보이지 않는 막막한 상황임에도. 해결책이 어디에 있는지에 골몰했다.

그 후 미처 내가 예상치 못했던 놀라운 길이 열렸다. 오렌지 카운티 안의 주 정부 인가 학교에 편지를 보냈고 그 결과 여러 통의 답장을 받았다. 직접 찾아가 지역과 조건을 살펴보았다. 애너하임 지역에 큰 규모의 어린이학교를 찾게 되었다. 부인은 원장이고 남편은 설계사인 백인 내외가 여러 군데에서 학교를 운영해 왔는데 이제 나이가 들어 은퇴하고 싶다고 했다. 그들은 경제적으로 준비가 안 된 내가 학교를 운영할 수 있도록 친절을 베풀어주었다. 주 정부 인가를 받을 수 있도록 진행 과정을 안내해주어 순조롭게 인수할 수 있었다.

그 후 증가하는 인원에 따른 교실 확장을 위해 두 번째 도전이 필요했다. 어려운 여러 절차를 밟아야 했다. 먼저 주택 용도의 건물을 교육기관으로 바꾸기 위한 Zone 변경 허가를 받기 위해 주민공청회에서 시 위원의 찬반 투표를 4:2로 통과했다. 언어도 자유롭지 못한 상황에서 주민들의 의견을 수렴하기 위한 노력이 필요했다. 새로운 시의 조례에 따라야했기에 더 많은 주차장 공간이 필요했다. 일방통행으로 차가 갈 수 있도록 담을 제거하고 주차장을 재정비해야 했다. 장애인 화장실, 불에 견딜 수 있는 소방 벽으로 바꾸고 인원수에 맞는 알람을 설치했다. 여러 차례의 감사를 받아야 했다. 최종 주인가(State Licensed)를 위한 절차를 밟기까지 긴장된 긴 날들로 숨죽였다. 감격스러운 라이센스를 받기까지 1년이 넘게 소모되었다.

많은 어린이가 입학하므로 규모를 확장해야 했다. 그동안 운영하던 지역을 벗어나 제2의 학교를 설립할 장소를 물색했다. 다시 겪어야 할 어려움은 아랑곳하지 않고 용기를 내어 오직 목표만을 바라보았다.

더 좋은 학교를 설립하기 위한 세 번째 도전이다. 학교로 적합하다고 생각하는 플러턴 지역을 선정하여 1에이커의 넓은 빈터가 있는 주택을 구매했다. 주변에 세 개의 초등학교, 명문 중학교와 고등학교가 자리한 한인이 많은 지역이었다. 이곳은 상업지역이 많지 않아 넓은 땅을 구하기 어려웠기에 넓은 주택을 용도 변경해야 했다. 다른 사립학교 역시 조건부 허가(Conditional Use Permit)를 통해 건축하는 예를 보기도 했다. 먼저 주민공청회(Public Hearing)를 통과하기 위해 절차를 거쳤다.

이웃집과 좋은 관계를 유지하며 시간적 여유를 갖은 5년 후에 설계도와 함께 조건부 허가를 신청했다. 당일에 공청회에 대한 공지를 전달받은 주민들이 우리 집을 둘러본 후 시청 회의실에 모였다. 한인은 눈에 띄지 않았다. '한인이 있으면 조금이나마 힘이 될 터인데…' 길 건너 한동네에 몰려 살기 때문이라 생각했다. 나이의 노소를 불문하고 빠짐없이 참석해 지역을 지키려는 백인들의 열성과 적극적인 태도는 상상을 초월했다.

시청 회의실에서 처음 순서로 일하는 부모를 위해 취학 전 아이를 위한 보육 시설과 방과 후 돌봄 시설이 필요하다는 우리의 취지와 계획을 발표했다. 커뮤니티를 위해 있어야 할 교육기관이므로 허락해 달라고 요청했다. 이어 주민들이 의견을 표명했다. 모두가 반대의 목소리를 높였다. "어린이를 안전하고 교육적으로 돌보겠다는 당신의 계획은 참 좋습니다. 그러나 여기는 우리 조부모부터 3대에 이르러 사는 주택지이므로 다른 상업지역을 찾아보십시오. 우리는 변화를 원하지 않습니다. 소음과 교통 체증도 생길 테니까요…."

시의원의 투표 결과는 찬성표 2, 반대표 4로 부결되었다. 주민의 의견을 수렴해야 했다. 학교를 짓는 계획서는 쓸모없는 종이가 되어 허공으로 날아갔다. 어린이 학교 건축을 포기한 채 20년이 넘도록 빈 땅으로 남아 잡초만 무성하다. 아픈 이민 흑역사가 되어 애너하임 학교로 만족해야 했다.

의지와 열정만으로 해결될 문제가 아님을 뒤늦게 알았다. 이민자가 겪는 힘든 과정이라 생각했는데, 돌이켜 생각하니 깊은 뿌리를 내리고 살아온 주민의 눈에는 낯선 아시아인의 무례한 시도라고 보였을 것 같다. 법을 무시하며 상식을 깨는 행위로 보였을 수도 있었을 터. '굴러온 돌이 박힌 돌을 빼낸다.'라는 속담처럼. 무식이 용감했다고 할까. 보수적인 시의 분위기와 주민의 성향을 미처 이해하지 못한 채 의욕만으로 덤볐던 성급함을 이제야 깨닫는다.

나와 사물, 상황을 겸손하게 돌아본다. 인생의 빨강 신호등에 걸렸던 시간을 돌아보며 '틀려도 괜찮아.' '늦게 도착하면 어때.' '시행착오가 오히려 도움이 될 수 있어.'라며 나를 다독인다. 그 과정을 통해 성공으로 가는 길의 이치를 가르쳐주기 때문이다.

우리 2, 3세들이 미국의 주류 사회에서 활약하는 모습을 본다. 그들에게 "우리 이민 1세는 이렇게 개척하고 도전하며 힘들게 살아왔단다." 떳떳하고 자랑스럽게 이야기할 수 있길 바란다. 이민 생활에 적응하며 목표에 도달하기 위해 겪은 실패도 성공의 디딤돌이 되었을 테니까. 서시오! 깨달음과 경각심을 주는 빨강 신호등이다.

함께 걸어요

4월, 연초록 이파리에 물방울이 맺히며 윤기를 더하는 계절이다. 나무는 싱그러운 바람 속에 성장을 거듭한다. 생명의 줄기를 뻗어내는 계절인데 누가 잔인한 달이라 말했는가. 짙어질 내일을 꿈꾸며 신록이 우거진 숲 사이를 걷는다. 작고 큰 여러 종류의 나무들이 나란히 자라고 있다. 우리가 사는 로스앤젤레스의 모습을 보듯이 다채롭다.

여러 인종이 어우러진 정원과 같은 공간이다. 한 공간에서 여러 종류의 나무가 서로 삶을 비비며 살아간다. 피부색, 언어, 문화가 다른 민족이 자신의 맛을 지니고 한 울타리에 모인 셈이다. 마침내 새롭고 독특한 향을 만들어 낸 것이 아닐는지. 각 민족의 소리가 연합하여 거대한 미국을 이끌어간다.

내가 그동안 오렌지 카운티에서 운영했던 주 인가 어린이학교도 그러했다. 그 속의 작은 터. 17개국을 넘나드는 어린이가 고유한 자신의 것을 간직한 채 다른 인종과 어울리며 성장했다. 언어, 피부색, 음식과 문화가 다른 가정에서 자란 탓에 서로 적응하기에는 어려움이 많다. 공동체 안에서 규칙을 익히고 사회성을 기르려 부단히 애쓴다. 함께 놀고 프로그램에 몰두하며 서로를 바라보는 눈망울 속에 같은 꿈을 공유한다. 지혜가 자라며 서로를 이해한다. 사랑을 나누고 허물까지 보듬는다. 다민족 어린이가 눈높이를 맞추고 어깨동무한다. 커다란 식물원을 만든다고 할까. 타문화를 존중하며 꽃을 피

우는 다채로운 정원이 된다

각 나라의 음식을 나누어 먹고, 다른 언어로 인사말을 나누었다. 발표회를 통해 각 나라의 의상을 입고 댄스를 했다. 스토리텔링 시간엔 전래동화를 들려주며 문화를 공유했다. 서로 다른 타문화를 이해하고 존중하며 팔 벌려 어깨동무했다. 마치 많은 종류의 나무가 식물원 안에서 좋은 영양분을 공급받으며 숲을 이루었다고 할까. 그들 나라의 주체성을 유지하며 거대한 테두리 안에서 모범적인 미국인이 되기 위해 교육받았다.

30여 년 전 어린이학교를 개교하던 그해였다. 나는 새 둥지를 틀고 이민 생활에 적응하고 있었다. 오랜 시간이 흘렀어도 그때의 일들이 어제 일처럼 또렷한 기억으로 다가온다. TV 화면 속 로스앤젤레스의 여러 건물에서 불길이 치솟고 검은 잿빛 연기가 피어오르고 있었다. 어떤 사람들이 상점 유리창을 깨고 "It's free."라며 물건을 약탈해 가고 있었다. 잿더미가 된 건물 앞에서 어찌할 바를 몰라 우는 한인의 모습을 보았다. '우리 가게는 우리 손으로 지켜야 한다'라며 친구를 돕기 위해 나섰던 젊은 청년은 폭도로 오인되어 희생자가 되기도 했다. 폭동의 결과는 참담했다. 경찰은 한인 피해자의 구조 요청을 무시했고, 오히려 철수하여 흑인들의 분노를 한인 사회로 몰고 가는 듯했다. 주류 언론도 폭동의 발생 원인을 한 - 흑 갈등으로 편파 보도하기까지 하다니. 뒤돌아볼 많은 여지를 주었다.

아메리칸드림을 찾아 낯선 땅에 와서 억척스럽게 일해 비즈니스를, 임대료가 싼 한인타운의 남쪽 흑인 빈민 지역에 차렸는데 그곳은 오래 자영업을 하던 유대인들이 한인들에게 넘기고 떠난 마치 화

산대 같은 곳이었다. 대대로 겪어온 제도적 학대와 인종차별, 불평
등의 벽에 막혀 헤어날 길 없는 빈곤, 피해의식과 적개심이 빚어낸
높은 범죄율로 인해 틈만 나면 폭발할 활화산과 다를 바 없었다. 그
곳이 폭동의 발화지가 된 것이다.

폭력 행위가 지속되고 있는 동안, 한인들은 목소리를 내기 위해 '평
화 행진'을 했다. 폭동 종식을 호소하는 3만여 명이 한인타운에서 현
수막과 피켓을 들고 끓어오르는 분노와 좌절을 애써 삼키며 걸었다.
주류사회에 알려진 명사들이 한인 사회를 대변하여 목소리를 높이
기도 했다. 나도 그 무리 속에 끼어 유리창을 합판으로 둘러막고 화
마에 그을린 암담한 건물들을 바라보며 걸었다. 굳게 문이 닫혀 있
는 한인 상가가 즐비한 올림픽과 웨스턴 대로를 걷던 장면이 아픈
흔적으로 남아있다.

아직도 다른 형태로 평화 대행진은 계속되고 있다. 인종 화합이라
는 의미와 교훈을 되새기며 말이다. 뿌리 깊게 잠재해오던 백인과
흑인 사이의 인종차별이 근본적인 이유였는데 왜 코리아타운이 가
장 큰 피해를 보고 희생양이 되었을까? 전체 피해액의 40%를 한인이
당하게 되었는지? 코리아타운과 한인 상가들이 어찌하여 흑인 폭도
의 표적이 되었는가? 의문은 풀리지 않았다. 폭동의 진실과 몰랐던
사실을 오랜 세월이 지나서야 깨닫게 된다.

'LA 폭동은 끝난 문제가 아니다'라는 것은 우리가 곰곰이 새겨야
할 중요한 과제다. 팽창하는 타민족과의 마찰에서 위험 요소는 도사
리고 있기 때문이다. 한인 업소에서 일하는 타민족 노동자가 한인
고용주를 상대로 임금, 노동조건 등의 문제로 법정 소송을 벌이는

사례가 증가하고 있다. 사태를 예방하기 위해서는 그들과의 관계 개선, 갈등 해결, 복지 문제에도 관심을 가져야 한다. 현대사의 비극을 극복하기 위해 다른 인종과 함께 번영을 추구해야 하지 않을까. 각성의 목소리와 함께 정치적 신장으로 사회적 문제에 목소리를 내고 있음을 본다.

한인 2세 대학생들이 한인 이민 역사를 재조명하는 토의를 하고 미주 한인 이민사를 새롭게 쓰고 있다. 젊은 세대가 다인종 사이의 화해와 협력을 위한 중개자 역할을 한다. 캘리포니아 고교에서 '인종학(Ethnic Studies)' 과목을 필수과목으로 커리큘럼이 확정되었다는 기쁜 소식을 듣는다. 소수계 인종의 역사와 고난, 미국 사회 기여 등을 내용으로 가르치게 된다. '비판적 인종 이론(Critical Race Theory)'은 미국 역사와 인종 관련 문제를 백인의 시각이 아닌 소수자의 시각으로 검증하고 재해석하는 교과목으로 찬반 논쟁이 뜨겁다.

흑인 지역 한인 리커스토어 외벽에 화합과 치유의 벽화가 그려져 화제다. 한인 업주와 흑인 직원 사이의 수십 년 우정이 밑그림이 됐다고 한다. 벽화 속 주인공은 폭동 당시에 건물이 전소되는 피해를 당했던 리커스토어 업주와 흑인 직원이다. 갱 단원이었던 흑인을 직원으로 채용하여 30년 넘게 이 업소를 운영해오고 있다는 것이다.

4·29 LA 폭동이 일어난 지 서른 해가 넘게 흐른 지금, 한인 커뮤니티는 한인 정치와 경제력이 성장했고 더불어 K-팝, K-드라마와 K-영화도 주류 문화로 올라섰다. 한류 열풍으로 한국어를 배우겠다는 타인종 학생들이 늘어나고 있다. 코로나로 인해 아시안 증오범죄가 급부상했지만, 멀티 커뮤니티가 서로 편견을 벗어내고 이해와 포용으

로 나누고 어울려 내일을 이야기할 수 있길 바랄 뿐이다.

삶의 긴 여정에서 누구와 같이 걸어간다는 것은 따스한 가치를 준다. 멈출 수 없는 길을 더듬거리며 갈 때 잡아 줄 손이 있다는 것은 힘이 되지 않을까. '빨리 가려면 혼자 가고 멀리 가려면 함께 가라.'고 하는 아프리카 속담이 있다. 사막을 지나고 야생 동물이 우글거리는 정글을 지나기 위해선 동행이 없이는 불가능하다는 의미를 준다.

길을 걸으며 부딪히는 사람들과 인사한다. "굿모닝!", "부에노스 디아스!", "쟈오 샹 하오!" 마스크에 갇힐세라 더 큰 소리를 내어 눈웃음을 건넨다.

잠시 바람을 맞으며 땀을 식히기 위해 산책길 벤치에 앉는다. 등받이에 "Please sit together! There's plenty of room."이라는 문구가 적혀있다. 옆자리에 같이 앉을래요. 우리 함께 걸어요!

이희숙

서울교육대학, 경희사이버대학 미디어문예창작과 졸업. 재미수필문학가협회 한국《그린에세이》등단, 서울문학인 시 등단, 《시와사람들》동인, 재미시인협회원, 미주한국문인협회 아동문학 등단.
동시집《노란 스쿨버스》, 시집《부겐베리아 꽃그늘》, 수필집《내일의 나무를 심는다》, 디카시집《사막을 노래하는 나무》.
캘리포니아주 인가 Happy Day Education Center 설립 운영.

빨강 돼지

장사비나

연보라색 도라지꽃이 얌전하다. 민화가 그려진 도자기를 보자마자 첫눈에 끌렸다. 흑빛 도자기에 빨강 돼지가 그려져 있고 꼬리에 도라지꽃이 피어있다. 안쪽은 청자유약을 입혀 오묘하다. 요모조모 살펴보니 전통 물레를 돌려 만든 듯 얇고 가볍다. 식탁 위에 올려 다과함으로 사용하면 안성맞춤일 것 같다. 잘 포장해 달라고 하자 "작품보실 줄 아시네요." 하며 도자기용 하얀 종이 포장지를 정성스레 감아 건넨다.

어린 시절부터 오브제(objet) 모으는 것을 좋아했다. 아침밥을 못 먹고 학교 가는 날이면 엄마가 용돈을 주셨다. 수업시간 내내 '오늘은 무엇을 살까' 하는 생각으로 가득 찼다. 수업이 끝나면 배고픔도 잊고 인형이나 예쁜 소품을 사러 문방구로 달려갔다. 탐나는 것을 갖게 되면 먹지 않아도 배가 불렀다. 도자기를 바라본 순간 어린 시절의 내가 다시 걸어왔다. 제 버릇 남 못준다고 나도 모르게 웃음이 나왔다. 몇 년 전부터 사는 것을 줄여왔지만 왜 이 도자기는 마음을 흔들었을까?

십여 년 전 코엑스(COEX) 도자 전시회에서 한 도예가를 만났다. 그녀의 '단발머리 소녀'작품을 보고 한눈에 매료되었다. 민화풍 꽃무늬 옷을 입고 해맑게 웃는 얼굴이 천진난만한 아이 모습이었다. 마음이 요동치며 소장하고 싶은 충동이 일었다. 하지만 사려는 마음과 망설임이 맞물려 선뜻 결정하지 못했다. '살까 말까

할 때는 사지 말고, 갈까 말까 할 때는 가지 말라.'는 남편의 평소 지론이 생각났다. 그 말이 떠오르지 않았다면 그 소녀는 평생 곁에 머물러 기쁨을 주었을 텐데.

전시장에 가면 보통 두 번은 돌아본다. 여운이 남는 작품일수록 오래도록 바라본다. 단발머리 소녀를 만난 그 날도 전시장을 몇 바퀴를 돌며 걸음을 멈췄다. 다양한 작품들을 전시하고 있었지만 유독 그 소녀에게 관심이 갔다. 통통한 다리에 빨간 메리제인 구두를 신고, 짧은 원피스를 입은 모습은 영락없이 어린 시절 모습이었다. 아버지는 사진을 찍어주실 때 "배 좀 넣어야지" 하셨다. 소녀의 볼록한 배마저 정겹게 느껴졌다. 배를 어떻게 넣지, 하며 엉덩이를 뒤로 내밀며 애썼던 순간이 떠올라 그 시절 행복을 다시금 느꼈다.

이후 인사동 통인화랑에 그녀 작품이 전시되기 시작했다. 틈이 날 때마다 찾아가 감상했다. 시간이 지나면서 전시실엔 다른 작가 작품이 놓였다. 자연스레 그 소녀도 잊고 지냈다. 그러던 어느 날 우연히 TV 채널을 돌리다 'EBS 건축 탐구 집' 프로그램을 보게 되었다. 카메라는 국내 최고의 공예예술 마을인 경기도 이천 예스파크(藝's Park)를 조명했다. 화면 속 낯익은 작품이 스쳤다. 단발머리 소녀였다. 그 순간 오래전 기억이 대번에 되살아났다. 친구를 다시 만나듯 꼭 보러 가야겠다고 마음먹었다.

며칠 뒤 전시장을 찾아갔다. 입구에 스탠다드 푸들만 한 도자기 말이 온몸에 화려한 민화 옷을 입고 서 있었다. 가까이 가 보니 어미와 새끼 두 마리였다. 두 배로 환영받는 듯해 저절로 입 꼬리가 올라갔다. 세 개 섹션으로 나누어진 전시장을 나름대로 과거, 현재, 미래로 나누어 찬찬히 감상했다. 고가구 장식장 안에서 그 소녀가 반겼다. 그녀 작품은 예전보다 깔끔하게 변했다. 예전의 화려한 민화 대신, 청자색 안료 한 가지로만 그려 단정했다.

"차 한 잔 하세요." 하는 말을 듣고 소파에 잠시 앉았다. 낮은 곳에 놓인 작품들이 새롭게 보였다. 몸을 낮추어 꼼꼼히 보기 시작했다. 창가의 낮은 진열대에, 원통형 검은 도자기가 은근한 존재감을 드러냈다. 그 도자기에는 빨강 옷을 입은 돼지가 행운을 품은 얼굴로 서 있었다. 동그란 눈에 담긴 미소는 마치 나를 향해 '마침 잘 왔어, 기다리고 있었지.'라고 속삭이는 듯했다. 그 모습이 사랑스러워 '이거야!' 하는 마음이 번쩍였다.

마음의 행복이 무엇보다 중요하다. 때로는 작은 소비가 삶을 다시 숨 쉬게 한다. 빨강 돼지를 볼 때마다 내 안에서 엔도르핀이 피어오른다. 그 작은 존재가 주는 기쁨은 상상보다 크다. 사길 정말 잘했다. 무엇인가를 갖고 싶은 것은 살아있다는 증거. 원하는 것을 품는 것이 삶의 원동력이며 삶의 의미를 강화한다. 지금도 갖고 싶은 것이 많고 그 열망이 나를 생기 있게 한다. 매일 마음속 외침을 듣는다.

'살아있는 거 맞아!'

《에세이문학》, 2025년 봄호, 개고)

우측 핸들

드디어 렌터카를 마주했다. 하얀 차체가 빛나는 조각 작품처럼 보였다. 도어를 열자 새 차 향이 은은하게 올라왔다. 인도식 영어 억양의 엔지니어가 친절하게 사용법을 설명해 주었다. 일본은 목적지마다. 맵 코드(map code)와 같은 고유번호가 있어, 이를 입력해야 정확한 길 안내를 받을 수 있다는 것을 알았다.

차 뒷면에는 외국인 스티커와 초보 운전 스티커인 '와카바(wakaba)' 스티커가 붙어 있었다. 섬세한 배려가 느껴졌다. 이 작은 스티커 덕분에 우측 핸들 조작에 대한 불안감이 조금은 해소됐다.

며칠 전 만난 지인 말이 떠올랐다. 그는 어느 날 앞날이 보이지 않는 절망적인 상황을 겪었다. 병원에서도 예후를 장담할 수 없었다. 수술대에 누워 아무 것도 할 수 없다는 현실이 답답했다. "찰나와 같은 인생, 보고 싶을 때 보고, 가고 싶을 때 가라."는 그 말에 심정이 흔들렸다. 즉시 오키나와로 떠나기로 했다.

떠오르는 햇살과 푸른 바다가 상상만으로도 설렘이 봄바람처럼 일렁였다. 섬 전체를 자유롭게 일주하기 위해 렌터카를 예약했다. 하지만 일본은 좌측통행 국가다. 교통체계가 한국과 반대라, 우측 핸들로 주행해야 한다는 사실이 부담으로 다가왔다.

오른쪽 운전석에 앉으니 묘한 감정이 몰려왔다. 조심스럽게 시동을 걸고 가속 페달을 밟자 하이브리드 차량은 부드럽게 움직였다. 처음엔 약간 어색했지만 이내 익숙해졌다. 속도를 조절하는 것은 쉽지 않았지만 곧 적응했다. 좁고 복잡한 도심은 앙증맞은 경차들이 오가는 탓에 동화 속 풍경 같았다. 빨간 신호에 작은 경차들이 가지런히 멈춰 섰다. 알록달록한 레고 블록들이 이어진 듯 귀엽고 사랑스러웠다. 이국적인 풍경들이 두려움을 잠시 잊게 만들었다.

복잡한 도시를 벗어나 넓은 도로에 접어들었다. 내비게이션은 좌회전을 가리켰다. 급하게 코너를 돌자, 뒤쪽에서 '쿵' 하는 소리가 나며 차체가 심하게 흔들렸다. 겁에 질린 채 비명이 나왔다. 옆에 있던 남편은 괜찮다고 했지만, 놀란 가슴은 쉽게 진정되지 않았다. 가까운 편의점에 차를 세우고 살펴보았다. 다행히 큰 흠집은 보이지 않았다. "아직 오른쪽 감각이 문제야. 이러다 정말 사고 나겠어."하고 중얼거리며 다시 차에 올랐다.

굽이진 해안도로는 꿈결처럼 아름다웠다. 파란 하늘과 푸른 바다가 신비로운 풍경을 선사했다. 아름다운 광경에 취해 시간가는 줄도 모르니, 어느새 해가 기울어 어둠이 깔리기 시작했다. 인적이 드문 한적한 길로 들어섰다. 어둠 속 길은 주변의 아무것도 보이지 않았다. 순간 강렬한 전조등 불빛이 쏟아졌다. 재빨리 핸들을 돌렸지만, 달려오던 차는 운전석을 스칠 듯 아찔하게 지나갔다. 간신히 정면충돌을 면했다. 아름다운 풍경 뒤에 숨겨진 위험을 깨달았다.

엄두도 못 내던 우측 핸들 운전이었지만 '다른 사람도 하는데 나도 할 수 있다.'는 생각이 들었다. 막상 핸들을 잡는 순간, 롤러코스터와 같은 두려움이 몰려와 숨이 막혔다. 도로 흐름이 반대로 느껴져 마주 오는 차와 간격을 가늠하기 어려웠다. 좁은 도로에서 반대편 차가 내게 달려들 것 같아 식은땀이 흘렀다. 해안도로를 빠져나와 골목길을 지날 때는 무사히 숙소에 도착할 수 있을까 하는 걱정이 따라 붙었다. 위험한 순간마다 차가 무거운 짐짝처럼 느껴졌다. 이 불안한 상황을 벗어나, 차를 통째로 들어 올려 안전한 곳에 내려놓고 싶은 마음뿐이었다.

동반자였던 렌터카를 반납하러 다시 길을 나섰다. 드디어 반납 카운터에 도착했다. 직원이 차를 찬찬히 살펴봤고 다행히 별 문제가 없었다. 기름을 가득 채워 빌려주고 가득 채워 돌려받는 시스템은 합리적이라고 생각했다. 렌터카 덕분에 자유롭게 이동할 수 있었다. 돌려주고 나니 그제야 짐을 내려놓은 듯 홀가분했다. 우측 핸들 주행은 낯선 도전이었고, 이를 성공적으로 해냈다는 성취감에 가슴이 뿌듯했다.

에메랄드빛 해변, 코발트빛 바다는 아련한 추억을 떠올리게 했다. 푸르른 수평선은 시간을 거슬러 올라간 듯했다. 하얀 뭉게구름, 형형색색 산호초와 열대어는 황홀한 바다 속 잔치를 벌였다. 오키나와 음악은 섬의 숨결을 닮아, 듣고 있으면 어느새 그 선율에 심취되었다. 자연과 노래는 내안에 다시 평정심과 자신감을 동시에 일깨워주었다. 우측핸들을 잡는 순간 미처 깨닫지 못했던 가능성이 조용히 모습을 드러냈다.

삶은 잠들지 않는 바다 조류와 같아 끊임없이 흐르고 변화한다. 매 순간 경험은 새로운 시작과 기회의 문을 연다. 이 용기는 미지의 길을 열고 다음 여정으로 나를 이끈다.

하늘색 메모

종로5가역 개찰구 앞. 퇴근 인파로 소음이 가득 했다. 교통카드를 꺼내려고 가방에 손을 넣었으나, 손끝은 허둥지둥 허공만 헤맸다. 카드지갑이 잡히지 않았다. 가방 안을 뒤적여 보았으나 볼펜 하나, 구겨진 종이, 티슈 한 장뿐이었다. 지갑이 없다는 직감과 함께 가슴이 서늘하게 내려앉았다. 신분증과 현관 카드키까지 모두 지갑 속에 있었다는 사실이 떠오르며 불안이 몰려왔다.

개찰구를 어떻게 빠져나가야 할지 난감했다. 직원에게 도움을 청하려고 했으나 주변에는 아무도 보이지 않았다. 마음이 급해져 발걸음은 이미 무단으로 게이트를 지나 역무실로 향하고 있었다. 초조함은 숨을 죄듯 뒤따랐다. 통로 오른쪽에 역무실 불빛이 보였다. 반투명 유리문을 열고 들어서자, 여직원 손에 들린 지갑 하나가 눈에 들어왔다. 지갑 덮개에 감긴 연두색 밴드를 보자, 혹시 나와 같은 사연이 아닐까 하는 생각이 스쳤다.

"그 지갑과 똑같은 지갑을 찾으러 왔습니다."

침착하게 말했으나, 목소리 끝은 미세하게 떨렸다. 잠시 뒤 서류를 보고 있던 남자 직원이 고개를 들고 대답했다.

"조금 전 어떤 분이 맡기고 가셨어요. 전화를 드려 보세요."

하얀 피부의 예쁘장한 여직원이 지갑을 건네주었다. 지갑 위에는 하늘색 메모지가 붙어 있었다. 파란색 글씨로 이름과 휴대전화 번호가 선명하게 적혀 있었다.

지갑을 손에 받아든 순간, 혼란했던 마음은 긴 숨을 내쉬듯 서서히 진정되었다. 안에는 카드 네댓 장과 운전면허증, 그리고 연두색 밴드에 끼워진 현관 카드키까지 모두 고스란히 들어 있었다. 마치 주인이 돌아오길 기다렸다는 듯, 모든 것이 제자리를 지키고 있다. 만약 나쁜 마음을 먹은 사람이 주워갔다면 어떤 일이 벌어졌을까하는 상상이 스쳐 지나갔다. 운전면허증에 주소도 있고 현관 카드 키도 있었기 때문이다. 돌아온 지갑을 물끄러미 바라보며 안도감이 밀려왔다.

이름이 적힌 메모의 주인에게 어떻게 감사함을 전해야 할지 마음이 조급해졌다. 전화를 걸기 전까지도 고민이 되어 안절부절못하며 몇 번이고 번호를 확인했다. 마음속 복잡함과 어색함이 뒤섞인 채 몇 번의 심호흡 끝에 전화를 걸었다. 유난히 나지막하고 듬직한 목소리가 들렸다. 약간 빠르면서도 강직한 말투에 무슨 일을 하는 사람일지 궁금했다.

"감사함을 어찌 해야 할지 몸 둘 바를 모르겠습니다."

감사의 말을 전하자, 그의 목소리가 짧게 이어졌다.

"당연한 일을 했을 뿐입니다."

단호한 그 말에 감사하다는 말을 거듭했지만, 같은 대답이 돌아왔다. 듬직한 목소리는 금세 끊겼으나, 그 단호한 울림은 오래 남아, 내 행동과 마음가짐을 되돌아보게 했다.

"잃어버린 사람 잘못이 더 크다." 어머니 말씀이 문득 떠올랐다. 평소 가방을 잘 챙기지 않고 다니던 습관이야말로 가장 큰 실수였다. 누군가에게 선의를 기대하기 전에, 소중한 것을 제대로 지키지 못한 실책을 먼저 깨달아야 했다. 엄하게만 들리던 그 말이 이제는 따뜻한 책임감으로 다가왔다.

몇 해 전에도 귀한 물건을 잃은 기억이 있다. 미국에서 공부하는 아들이 용돈을 모아 사준 최초의 에르메스 스카프였다. 학생이던 아이가 건넨 첫 사치스러운 선물이었고 마음이 예뻐 아껴 두었던 물건이었다. 생일 축하 자리로 향하던 길이었다. 지하철에서 내린 뒤 목이 허전했다. 아무리 주위를 살펴봐도 스카프는 보이지 않았다. 걸어온 길을 되짚어도 찾지 못했다. 딸은 "괜히 아끼다 잃어버린 거지. 그냥 자주 쓰지 그랬어." 하며 속상해했다. 며칠을 찾아다녔으나 스카프는 끝내 돌아오지 않았다. 아들 정성이 담긴 마음을 지켜내지 못한 것에 오래도록 미안함이 남았다.

이번에도 큰 기대는 하지 않았으나, 기적처럼 빨리 지갑을 찾았다. 하늘빛 메모지가 전해준 작은 믿음은 세상에 대한 희망을 불러 왔다. 타인의 선의가 삶의 곁을 따뜻하게 지켜준 것이다. 돌아온 지갑은 되찾은 기쁨을 넘어, 삶의 태도를 바꾸는 소중한 계기가 되었다. 작은 종이 한 장이 세상은 여전히 신뢰할 만하다는 사실을 다시 일깨워주었다. 세상의 온기는 여전히 살아있다.

선을 조각하듯

역대 최고 기온을 경신한 여름날, 영문도 모르고 횡단보도에서 넘어졌다. 달궈진 아스팔트 바닥에 엉덩이를 찧었고, 반사적으로 깊은 오른쪽 손목이 꺾였다. 등이며 팔다리가 긁혀 피가 흘렀고, 배수구 덮개가 드러난 도로 위에 무방비로 드러누웠다.

신호가 끝날 때까지 도저히 몸을 일으킬 수 없었다. 횡단보도 하얀 줄이 시야에 어지럽게 들어왔다. 옆에는 움푹 파인 바닥과 맨홀 뚜껑이 보였다, 신호등 푸른빛이 점점 줄어들고 있었고, 달려오는 차와 마주칠까 봐 조마조마했다. 누가 좀 도와줬으면 하는 간절한 마음이 일었다. 양산을 쓴 사람들은 이미 뒤편으로 사라진 후였다. 왼손으로 바닥을 짚고 기어가 간신히 몸을 일으켰다. 이내 피멍이 점점 번져 나왔고, 손목은 부어올랐다.

외할아버지께서 한의사셨기에 한의원이 익숙했고, 오래 전 여름에 다리를 깁스했던 끔찍한 경험 때문에 정형외과보다 한의원을 먼저 찾았다. 한의원 원장은 사고가 난 상황을 자세히 물으며 말했다.

"겉에 보이는 상처보다 속에 있는 뼈나 연골이 더 걱정입니다. 머리나 고관절을 안 다친 게 그나마 다행입니다."

짧은 말이었지만 가슴에 돌덩이가 들어앉는 듯했다. 결국 불안한 마음에 정형외과에 가 X-ray와 CT를 찍었다. 골절된 손목이 하얀 가로줄로 모니터에 보였다. 며칠 전, 앞집 할아버지가 화장실에서 넘어져 고관절이 부러진 채 요양병원에 입원한 일이 겹쳐 떠올랐다.

넘어진 건 단순한 사고가 아니라 약해지고 있다는 신호였다. 이후 정형외과와 한의원을 병행하며 꾸준히 치료를 받았다. 출혈이 멈출 때까지 냉찜질을 하고 그 후 온찜질을 반복했다. 뜨거운 날씨에도 시원함이 번져 심신이 서서히 이완되었다.

오른손을 쓰지 못하자 일상이 크게 무너졌다. 한손으로 세수하고 머리 감는 일까지, 모든 것이 고투(苦鬪)였다. 특히 왼손 젓가락질이 안 되었다. 김밥을 포크로 찍으니 알맹이가 쏙 빠졌다. 할 수 없이 왼손으로 집어먹자 민망함이 느껴졌다. 두 손이 하던 일을 한손으로 감당하려니 멀쩡한 손마저 무리가 왔다. 결국 왼손도 오른 손과 같이 치료했다.

손으로 조물락거리며 만드는 걸 좋아한다. 모시로 조각보를 꿰매고 색실로 매듭을 엮고, 흙으로 도자기를 빚으며 일상을 채웠다. 하지만 방아쇠수지 증후군으로 이삼 년 고생한 끝에 좋아하는 일을 멈추고 지냈다. 하지만 열망이 너무 커 목판화 수강신청을 덜컥 했다. 첫 수업을 하고 부상을 입었다. 그만두어야 하나 고민이 되었으나 관심을 가진 사람들 인연이 소중하다는 생각에 수업을 이어갔다.

조각도를 쥐었지만 손힘이 부족해 나무를 파내기가 쉽지 않았다. "미쳤어, 미쳤어." 중얼거리며 조각도를 밀었다. 왼손은 서툴렀다. 날카로운 날이 긴장된 왼손에 부담을 주었고 통증을 더욱 예민하게 건드렸다. 스스로의 서투름에 대한 쑥스러움이 일었으나 다시 용기를 냈다. 안경을 쓴 눈에 커다란 돋보기를 대고 조심스럽게 칼끝을 움직였다. 나무판 위에 선이 조금씩 파였다. 깊이 파내지는 못했지만 바느질하듯 한 줄 한 줄 이어갔다. 조각도 끝이 나무에 닿을 때마다 아픈 기억을 깎아내는 듯했다. 새겨진 선마다 상처 위에 새살 돋듯 조금씩 기력이 되살아났다.

판화 찍기 수업 날, 교수는 말했다. "동판화를 해봤으니 직접 시범으로 찍어 보세요." 주저하며 "저 못해요." 하며 다친 손을 내밀었다. 교수는 "도와주는 일은 없어요. 스스로 해내야 합니다." 라고 말했다. 왼손으로 잉크 묻힌 롤러를 굴리고, 한지를 얹어 밀대로 문질렀다. 종이를 들어 올리자 먹빛 선들이 선명하게 드러났다. 처음 완성한 왼손 작품이었다. 어려움 속에서 태어난 결과물이라 오래 바라볼 만큼 값졌다.

뒤풀이에서. 왼쪽에 있던 잔을 무심코 집어 들었다. "내 건데." 누군가의 말에 모두가 웃었고, 그제야 잔을 잘못 든 것을 깨달았다. 습관이 무섭다는 생각이 들었다. 그새 왼손이 오른손 역할을 대신하고 있었다. 오른손에 가려져 있던 왼손은 낯설었지만 가장 든든한 파트너였다.

피아노 연주를 멈춘 것도, 옷 만들기를 이어가지 않은 것도 언뜻 포기처럼 보였지만 사실은 손을 아끼려는 선택이었다. 돌아보니 멈춤 속에 숨을 고를 힘이 있었고 그 힘이 앞으로 나아가게 했다. 그때 단념은 상실이 아니라 나를 위한 배려였다.

통증은 사라지지 않았다. 불편함 속에서도 손을 움직이며 조금씩 새로운 길을 열어갔다. 비록 조각한 선은 미숙했지만 매순간 선을 따라 새기며 스스로의 힘을 길렀다. 그 과정은 단순한 회복이 아니라 살아가는 방식을 다시 만들어 가는 시간이었다.

사람마다 자기만의 회복력을 갖고 있다. 방아쇠수지 증후군으로 수술밖에 방법이 없다고 했던 손도 어느 날 스스로 기력을 되찾았다. 그 경험을 통해 회복력은 내 안에서 길을 열고 기운을 다시 불러온다는 사실을 확신하게 되었다. 작은 선 하나가 큰 무늬를 이루듯 작은 노력과 성과가 모여 내 삶의 길이 만들어지고 있다. 길은 언제나 다시 시작되기에.

"뭐 사왔어요?"

햇살 좋은 오후, 현관에 들어선 남편에게 물었다. "여보, 뭐 사왔어?" "아무것도 안 사왔는데, 뭐 먹고 싶은 거라도 있어?" "글쎄?" 그는 잠시 말이 없이 그 자리에 머물렀다가, "그럼 나갔다 올 테니까, 생각해 봐."하고 이내 현관문 밖으로 나갔다. 잠시 후 문이 다시 열렸을 때, 그의 손에는 작고 단단한 무언가가 쥐어져 있었다. 그것은 다정한 손길과 기다림에 겹쳐 마음의 빈틈을 조용히 메워 주었다.

평소에 손에 물건을 들고 다니는 것을 좋아하지 않았다. 쉽게 잃어버리거나 힘겨웠기 때문이었다. 하지만 요즘은 작고 가벼운 물건들을 들고 오는 일이 잦아졌다. 윤기가 흐르는 쫀득한 인절미, 싱싱한 햇과일 한 봉지, 갓 구워 따끈한 찐빵처럼 소박한 행복. 남편에게 물건을 내미는 몸짓은 곧 내 마음을 건네는 일이었다. 가슴으로 닿는 깊고 조용한 소통이었다.

며칠 전, 친구와 카페에 앉아 이야기를 나누던 중 그녀 휴대전화가 울렸다. "벌써 밥할 시간이야," 라며 농 섞인 말을 건네며 벗어놓은 옷가지를 챙겨 허둥지둥 일어났다. 마트를 지나며 "집에 갈 때 뭐라도 손에 들고 가는 것이 우리 집 루틴이야." 라고 말했다. 그리고 남편과 함께 저녁으로 먹으라며 갓 구운 빵을 그녀 손에 들려 보냈다. 샐러드나 과일 그리고 음료를 곁들이면 더 좋겠다고 덧붙이면서.

그날 밤, 친구에게서 연락이 왔다. 그녀의 남편이 내게 고맙다는 인사를 전해 왔다.

"정말 맛있게 먹었대. 나도 이제는 들어갈 때 뭐라도 사 들고 들어가야겠어." 휴대전화 너머로 그녀의 환한 웃음이 느껴졌다. 소박한 빵 하나로 두 사람이 행복해했다는 말에 가슴 한편이 아릴 만큼 따뜻해졌다. 작은 배려가 누군가의 일상에 작은 기쁨과 행복을 더할 수 있다는 깨달음. 누군가를 기다리는 마음은 단순히 막연한 기대를 넘어선다. 상대 마음을 헤아리는 시간이고 부족한 부분을 조용히 채워주는 삶의 가장 아름다운 과정이다.

할머니가 시장이나 나들이를 다녀올 때면 언제나 나를 위한 작은 선물을 잊지 않으셨다. 어느 날은 영롱한 얼음 조각처럼 새하얀 별사탕이었고, 또 다른 날은 알록달록한 빛깔의 꽃사탕이었다(별사탕은 친구 집, 꽃사탕은 할머니 친정에서 가져왔을 거라 짐작했다). 할머니는 스웨터 주머니에서 사탕을 꺼내 내 입에 쏙 넣어주셨다. 인자하게 웃던 할머니 얼굴이 아직도 눈에 선하다. 입안에 가득 단맛이 퍼져갔지만 마음 한편에는 여전히 부모님을 향한 기다림이 함께 섞여 있었다.

내가 배가 아프다고 울기라도 하는 날에는 모든 것이 더디게 느껴졌다. 할머니는 걱정스러운 얼굴로 꼭 안아주셨지만 그 품에 안겨서도 나는 대문 쪽을 바라보았다. 할머니 품에 의지하면서도 여전히 부모님을 기다리는 마음은 멈추지 않았다.

말을 하지 않아도 마음 깊이 전해지는 살뜰한 배려가 있었다. 길을 지날 때 먹고 싶은 것에 눈치라도 보이면 부모님은 그 순간을 놓치지 않고 원하는 것을 사서 작은 손에 쥐어주곤 하셨다. 따뜻하고 사려 깊은 그 배려는 어떤 거창한 말보다 내 마음을 더 잘 말해 주었다,

그 온기는 고운 햇살처럼 느껴졌고 그 순간 손에 잡힌 포근한 감각은 가슴 속에 지금까지도 떠오르곤 한다.

아침이면 부모님 두 분 모두 분주하게 출근 준비를 했다. 쿵, 하고 대문이 닫히고 나면 집안은 금세 고요해졌다. 그때부터 작은 기다림이 시작되었다. 가방을 들고 나서는 엄마 치마 자락을 잡고 "뭐 사다 줘요?" 하고 간절한 눈빛으로 바라보곤 했다. 그 짧은 한마디 안에 부모님이 돌아올 때까지 하루를 꼬박 견뎌낼 어린 마음이 담겨 있었다.

가끔은 정말 아무것도 사 오지 못한 날도 있었다. 부모님은 애지중지하는 딸의 기대를 저버릴 수 없어 "뭐 사왔어요?" 하는 말에 다시 발걸음을 돌려야 했다. 문밖을 향해 걸어 나갔다가 잠시 후 돌아와선 달콤한 밀크 카라멜이나 부드러운 바나나를 내 손에 쥐어주었다. 배앓이를 달고 살았던 터라 먹는 것에 큰 흥미가 없었지만 그럼에도 내게 뭐라도 먹이고 싶어 달래고 안아주던 부모님의 깊은 사랑이었다. 그 단맛과 포근함은 단순한 간식을 넘어 내 삶을 지탱해 주는 깊은 위로였다.

대문 소리가 들리면 마음이 먼저 간절한 파동을 일으켰다. 부모님이 들어오는 기척을 느끼면 방문을 재빨리 열고 고개를 내밀었다. 그 작고 소박한 손길에 담긴 사랑은 삶의 무게에 지치고 힘겨워할 때마다 나를 굳건히 지켜준 단단한 힘이 되었다.

사랑은 늘 우리가 미처 알아채지 못하는 가장 가까운 곳에 늘 변함없는 형태로 머물러 왔다. 대문 열리는 딸깍거림마저 설렘으로 다가오던 소리, 따뜻하게 맞잡힌 손의 온기, 사라지지 않고 마음에 스며들던 포근한 기억들, 사랑은 원래 그런 것이 아니었을까? 묻지 않아도 마음을 알아채고 말없이 손에 온정을 쥐어주는 마음. 크고 요란한 소리 없이 그저 곁에 머무는 은밀한 보살핌.

어린 시절부터 지금까지 삶을 이루는 모든 순간들이 '기다림'과 '채움'의 연속이었다. 그 반복된 온정은 가장 튼튼한 기반을 형성했다. 그 덕분에 모진 풍파에도 흔들리지 않았다.

사랑이란 단순히 마음을 주는 것이 아니라 다른 사람 일상의 필요를 먼저 헤아려 채워주는 투명한 약속이다. 문을 여는 그 소리야말로 나를 일으켜 세운 사랑의 유일하고 단단한 버팀목이다.

장사비나

고려대학교 대학원 사회복지학 석사
홍익대학교 미술대학원 수료
미술심리상담사 & 원예치료사
한국 전통 매듭 & 쥬얼리 개인전
도예, 판화, 조각보, 의상 작업 활동
예술가, 《에세이문학》, 초회추천, 2025

경계경보

차성기

아들에게서 전화가 걸려왔다. 잠시 침묵이 흐른 뒤, 그는 조심스럽게 말했다.

"집에서도 마스크를 꼭 쓰세요."

이유를 묻자, 확진 판정을 받았다고 했다. 창밖을 바라보니, 희뿌연 하늘이 저물녘의 빛을 머금은 채 조용히 내려앉고 있었다.

그토록 조심했건만, 시나브로 다가온 그림자. 남의 일이라 여겼던 코로나가, 이제는 우리 집 문턱을 넘으려 한다. 경계경보가 울린 것이나 다름없었다. 하루 확진자가 25만 명을 넘나드는 현실 속에서, 우리에게 닿는 것도 이상할 게 없었다.

(2022년 3월 16일, 하루 확진자 62만 명을 기록했다.)

아들은 회사 동료들과 장례식장에 조문을 갔다가, 집단 감염으로 자택 대기 중이다.

어제는 확진 전이라 우리 부부는 손주들을 돌보며 등교를 도왔다. 씩씩하게 나서는 큰 손주와 달리, 작은 손주는 방바닥에 뒹굴며 게으름을 피웠다.

등교 준비로 분주한 아침, 휴지가 없다며 울먹이는 아이. 콧물이 흐르던 걸 단순한 감기로 여겨 약만 먹였는데, 알고 보니 아빠에 이어 확진이었나 보다. 어린 것이 얼마나 아팠을까. 그저 서두르기만 했던 어른의 마음이 짠하게 저렸다.

다음 날, 아이 엄마와 큰 손주, 우리 부부는 함께 PCR 검사를 받기로 했다. 확진자와의 가족관계증명서가 있어야 무료검사가 가능하단다. 동네 병원은 인산인해라 두어 시간 대기해야 한다기에, 찬바람 몰아치는 주말 오후, 목동 운동장 앞 선별진료소로 향했다.

코로나가 이 땅에 상륙한 지 만 2년, 처음 받아보는 검사였다. 강 건너 불이라 여겼던 일이, 이제는 내 일이 되었다. 검사 대기 동에서 휴대전화로 신상명세를 입력하고, 접수 동에서 검체통과 탐침봉을 받아 검체 동으로 옮겨갔다. 컨테이너 안의 검사 요원이 밀봉된 손을 뻗어 작은 봉을 건넸다. 콧속 깊이 찔러 한 바퀴 돌린 뒤, 검체통에 넣으란다. 컨테이너 벽의 사각 상자엔 이미 여러 사람의 검체통이 줄지어 기다리고 있었다. 아들과 작은 손주도 다른 차편으로 와서 검사를 받았다. 너무도 간단한 절차에 마음은 헛헛했다.

다음 날 아침, 결과는 음성이었다. 증상이 없었기에 짐작은 했지만, 막상 결과를 들으니 속이 후련했다. 함께 검사받은 아이 엄마와 큰 손주도 음성이라는 반가운 소식.

자정 무렵, 서울시 보건의료정책과에서 문자가 도착했다. "PCR 음성 확인 문자 통지서. 본 문자는 다중이용시설 출입을 위한 확인 용도로 활용할 수 있으며, 유효기간은 22.03.06까지입니다."

하지만 이것이 끝은 아니었다. 일주일 뒤 다시 검사를 받으라는 권고. 정부의 치밀한 방역에 박수를 보내면서도, 번거로움은 피할 수 없었다. 밀라노에 사는 딸아이는 지금까지 PCR 검사를 무려 7차례나 받았다. 근무 중, 여행 중, 한국 방문 시 입출국과 병원 진찰까지. 처음엔 콧속과 입속을 깊이 찔러 고통스러웠던 기억이 생생하다고.

예상대로, 아들과 작은 손주는 양성 판정을 받았다. 안방에서 자가 격리하며 생활하고, 아이 엄마와 큰 손주는 건넌방에서 지내기로 했다. 식사는 따로, 실내에서도 마스크를 쓰고 왕래를 최소화한 채, 말로만 듣던 '한집 두 가족'이 되었다. 작은 손주가 답답하다며 거실로 나오려 하면, 큰 손주가 기겁하며 방문을 닫는다. 한집에서 펼쳐지는 이 희극이 대낮에 벌어지고 있다니, 믿기지 않는다.

아들네 집을 위로하러 가고 싶었지만, 전염 우려로 발길을 멈췄다. 전화하니 오지 말라며 극구 반대한다. 코로나가 가족 사이의 정마저 끊으려는가. 저녁이 되자 페이스타임으로 연락이 왔다. 큰 손주가 우리를 찾으며 조심하라 했다. 순간, 눈물이 찔끔 날 정도로 고마웠다. 밖에 나갈 수 없는 그들을 위해, 자주 가던 친환경 가게에서 장을 봐 현관 앞에 두었다.

오미크론은 전파는 빠르지만, 증상은 가벼워, 일주일 자택 대기로 끝난다 했다. 경제활동 피해를 최소화하려는 당국의 배려일 것이다. 하지만 아이들의 등교는 여전히 어렵고, 학습 손실은 크다. 교직이 천직인 아이 엄마도 학교에 가지 못해 원격수업으로 대신 지도한다. 학교 당국자의 전화는 빗발치듯 이어졌다. 그 덕에 우리 부부의 아이 돌봄은 잠시 여유를 얻었지만, 쓸쓸함은 지울 수 없다.

확진자는 많아졌지만, 정점에 가까워진 듯한 느낌. 경계경보는 언제까지 이어질까. 삶이 있는 한, 육체적·정신적·경제적 모든 면에서 경계경보는 늘 존재할 것이다. 언젠가 이 시절을 되돌아보게 될 날이 오겠지.

멀리서 구급차의 사이렌 소리가 다급하게 지나간다.

또 다른 축가

코로나 19의 소란이 채 가시지 않은 서울의 봄날. 세종문화회관에서 「지붕 위의 바이올린(Fiddler on the Roof)」이 공연되었다. 숄렘 알리켐(Sholem Aleichem)의 실화를 바탕으로 한 「테비예와 딸들(Tevye and his Daughters)」을 원작으로 한 이 뮤지컬은, 1964년 브로드웨이에서 첫 성공을 거둔 이후, 1971년 영화로도 대성공을 거두었다.

기억은 희미했지만, 영화 속 우크라이나 초원의 러브스토리가 떠올랐다. 제정러시아 시대, 유대인의 삶과 애환을 그린 이야기. 성인이 된 딸의 결혼식에서 부모는 축가를 부르며, 세월의 무상함과 앞날의 축복을 함께 기원했다.

그 노래가 바로 「Sunrise, Sunset」이었다.

"Is this the little girl I carried… Sunrise, sunset…"

엊그제 품에 안았던 아이가 어느새 자라, 사랑하는 사람의 곁으로 떠나는 순간. 이어진 아버지 테비예의 노랫말이 마음을 울렸다.

"What words of wisdom can I give them? How can I help to ease their way? (내가 그들에게 어떤 조언을 해줄 수 있을까? 어떻게 하면 그들의 앞길을 편하게 도울 수 있을까?)".

'헉…' 머릿속이 하얘졌다. 3인조 악단에 눈인사하고 막상 단위에 서니, 준비해온 노래 「오 솔레미오(O sole mio: 오 나의 태양)」의 첫 음절부터 막혔다. 감격한 마음에 감성이 이성적인 기억을 앞선 것일까? 그 찰나 같은 순간에도 무수한 생각이 오갔다. 지난 반년간 오직 이 순간을 기다렸건만…. 축하객은 우리 가족 외에는 모두 이탈리아 현지인 그리고 신부 밀라노 친구들의 호기심 어린 눈들이 반짝였다. 마침 상쾌한 바람 속으로 멀리 산타루치아 항과 베수비오 화산이 눈 앞에 다가왔다.

바로 저것이다. '께 벨라 꼬자~(Che bella cosa: 얼마나 아름다운 가?)'가 저절로 입 밖으로 터져 나왔다. 다음은 서울에서 성악 개인 지도 시간에 수백 번 익힌 대로 물 흐르듯 이어졌다. 아름다운 광경 에 사랑하는 연인과 함께 하는 노랫말이 어찌 지금 내 눈 앞에 펼쳐 진 저 모습과 이렇게 같을 수 있단 말인가?

"스탄 프론테 아 테~, 스탄 프론~테 아 테~(sta'n fronte a te! sta'n fronte a te! : 그대 앞에 있어요. 그대 앞에 있어요….)"

드디어 마지막 절을 마치며 피아노와 트럼펫의 아름다운 선율이 목소리와 함께 저녁 하늘로 힘차게 퍼져나갔다. 머금은 눈물 속 뒤 이은 요란한 박수가 장내를 가득 울려주었다.

2022년 6월, 가톨릭교회에서 혼인성사를 마치고 축제의 주인공 신 랑·신부가 도착했다. 축하객에 눈인사를 마치고 잠시 신부 모녀는 한복으로 갈아입고 연회장에 나타났다. 눈부신 흰색과 연분홍색이 어우러진 아름다운 한복에 모두가 숨을 죽였다. 7시가 지나면서 와 인 잔이 여기저기 부딪는 소리와 함께 나폴리 특산의 만찬 서비스가 이어졌다. 그사이 연회장 중간 홀에서 전문 성악가의 칸초네를 비롯 한 축가가 장내에 울려 퍼지며 분위기를 고조시켰다.

어느덧 저녁 10시 반이 되어 악단의 연주도 끝나가는지 조금씩 불안해졌다. 지난 반년에 가깝도록 성악레슨으로 처절하게 준비해온 축가가 아니던가? 신랑·신부에 어찌 전해줄 수 있을까에 생각이 미치니 초조했다. 용기를 내어 신랑 아버지에게 준비해온 악보를 조심스레 건넸다. 악단장은 축하객에게 긴급공지를 했고 드디어 단 위에 서게 되니 다리가 후들거렸다.

나폴레타나(나폴리 민요) 노래 가운데 하나로 유명한「오 나의 태양」을 열창하였다. 처음엔 호기심에 놀라며 집중하는 분위기에서 후반부에 들어서니 모두가 함께 부르며 크게 환영해주었고 자연스레 댄싱 타임이 이어졌다. 신혼부부도 전혀 뜻밖의 노래선물에 감사했고 신랑 부모를 비롯한 많은 분이 호응해주었다(나중 들으니 혼주의 축가 사례는 처음이라 했다).

자정이 넘은 시간, 보름달이 휘영청 떠올랐다. 공식적인 축제는 끝났으나 누구도 자리를 뜨려 하지 않았다. 옆 테이블에 있던 젊은이들이 환호하며 노래를 다시 듣고 싶다고 애프터 미팅을 청해왔다. 와인 잔은 다시 채워지고 같은 테이블에 있던 신랑 부모님의 흔쾌한 모습에 망설일 겨를이 없었다.「오 솔레미오」그리고 앙코르로「운 아모레 코지 그란데(Un Amore Cosi Grande: 위대한 사랑)」까지. 모두 하나 되어 부르는 노래 위로, 푸른 달빛이 조용히 내리고 있었다.

부모의 마음은 동서서양이 같은가보다. 어느새 훌쩍 커버린 딸의 앞길을 기원하며 축복해주었다. 부디 행복하길 기리는 마음 하나로 축가를 준비했다.「썬라이즈 썬셋」을 부르며 딸을 보낸 아버지 테비에(Tevye)도 같은 마음이었을까? 즐거움과 애잔함, 혼란스러움이 뒤섞인 이 감정은 나뿐일까? 이 모든 것이 인생이라면(C'est la vie!: 체

라비).

그렇다면, 나는 오늘 또 다른 축가를 부른 셈이다.

라면, 아직도 드세요?

"라면, 아직도 드세요?"

여우비가 촉촉이 능선을 적시던 그 날, 산들바람이 귓가를 간질이던 순간이었다. 김이 모락모락 피어오르는 국물을 삼키려던 찰나, 옆자리에 같이한 중년티를 막 벗어난 산악회 동료가 던진 말이 바람처럼 내 귀를 파고들었다. 답변이 궁해서 웃으며 되물었다.

"라면 드실래요?" 하니 당황해하는 표정이 스쳤다. 지난주 용인의 석성산, 기술사회 단체산행에서 있었던 일이다.

컵라면 하나를 사이에 두고, 오래된 기억들이 구름처럼 피어올랐다. 산에서의 라면은 허기를 채우는 음식이 아니라, 마음을 데우는 온기였다. 아내를 위한 작은 배려, 도시락을 챙기는 수고를 덜어주려는 마음. 때때로 김밥으로 대체해보기도 했지만, 겨울 산행에서는 차가운 김밥보다 뜨거운 라면 한 그릇이 마음을 더 훈훈하게 데워주었다. 산정에서 먹는 국물 한 모금은 추위를 녹이고, 삶을 풍요롭게 만드는 묘약이었다. 그렇게 작년 겨울 이후, 정상에서의 라면 식사는 변함없는 의식이 되었다.

젊은 날, 라면은 가난한 시간 속에서도 우리를 위로하던 소박한 친구였다. 학교 도서관에서 기술고시를 준비하다 눈을 비비며 찾은 구내식당, 그곳엔 언제나 라면이 있었다. 회식 자리에서 막걸리 한 잔 뒤, 시국을 논하던 뜨거운 밤에도 라면은 늘 마지막을 장식했다. 그 뜨끈한 국물 속에, 우리는 세상을 품었다.

오래전이지만 군대에서 대대장 당번을 맡은 때 일이다. 군대에서도 라면은 아주 인기가 있어 훈련이 끝나고 라면 배식이 되면 누구나 입맛을 다시는 메뉴였다. 그런데 수많은 인원을 배식하다 보면 시간이 오래 걸려 나중엔 퉁퉁 불어 터진 라면을 먹을 수밖에 없었다. 배식 판에 가득 담긴 하얀 라면 발을 허겁지겁 퍼먹던 그 맛은, 수십 년의 시간을 건너 지금도 혀끝에 남아 있다. 양이 중요했던 시절, 그 라면은 허기뿐 아니라 젊음의 허세까지도 채워주었다.

수년 전 유럽 알프스 최고봉에 올랐다. 스위스 융프라우 하면 그 많은 산행객 중에도 한국 사람을 꼭 만나보게 될 정도로 인기 있는 곳이다. 더욱 놀라운 건 산악열차 입장권을 사면, 라면 시식권이 들어있는데 한국산 신라면 컵라면이었다. 해발 4,000m를 넘는 고산에서 속이 메슥거리는 고산증세에 잠시 앉아 쉬던 중이었다. 이때 나를 구해준 건 라면이었다. 새하얀 설산 위에서 만난 붉고 매운 라면 한 그릇. 그 맛은 고산증을 잠재우고, 낯선 땅에서 고향의 온기를 불러왔다. 십 년이 지난 지금도, 그 한 그릇은 내 기억 속 가장 따뜻한 풍경으로 남아 있다.

지난달 영국 여행에서 스코틀랜드 에든버러를 여행할 때이다. 여러 날 느끼한 영국 음식에 지친 입맛은, 매콤한 고향의 맛을 그리워했다. 현지 음식만을 고집하던 아내도 예상외로 선선하게 받아들여 앱에서 찾았다. 앱의 화살표를 따라 십여 분지나 도착한 곳은 젊은 현지 아가씨가 운영하는 작은 간이 식당. 서울대학교 한국어학당 출신이라는 그녀의 인사말에, 낯선 도시가 갑자기 친숙해졌다. 김밥과 라면을 앞에 두고, 세계 속의 한국을 맛보았다.

우리 세대로선 이해 안 되는 면도 있지만, 홍대 앞에 가면 라면 도서관이 있다. 라면이 책처럼 꽂혀 있는 도서관이라니. 한국 K-드라마가 해외로 명성을 날리면서 라면도 공전의 인기를 구가하고 있다. 젊은 커플과 외국인들이 라면을 고르고, 전용 조리기로 끓이고, 나누는 그 풍경은 이제 라면이 단순한 음식이 아니라 문화가 되었음을 말해준다.

웰빙 열풍이 몰아치며 세상이 건강을 향해 달려가는 사이, 나는 여전히 라면 한 그릇에 마음을 빼앗기고 있었다. 산행에서 김밥과 떡을 꺼내는 산악회 회원을 보며 '이제 라면은 시대에 뒤처진 음식인가?' 하는 철학적 고민이 스쳐 지나갔다.

건강 정보가 범람하는 요즘, 특히 중년층 사이에서는 가공식품을 경계하는 분위기가 짙어진다지만, 한 달에 한 번 산행이고 일 년에야 열두 번이니, 내 건강도 나름 유연하게 대처해 줄 거라 믿고 있었다. 라면 한 그릇에 담긴 인생의 온기와 추억을, 건강이라는 이름으로 지워버릴 수 있을까.

얼마 전 아들 가족과 함께 식사할 기회가 있었다. 분위기를 살필 겨를도 없이 손녀가 단호하게 외쳤다. "라면 먹고 싶어!" 그 말이 끝나기가 무섭게 옆자리 손자가 뒤따랐다. "나도!" 면이라면 다 좋아하는 손녀는 매운 라면만 빼고 다 환영이라 했다. 짜장면은 물론, 베트남 쌀국수, 스파게티까지 섭렵한 손녀의 면 사랑 앞에서 나는 묘한 연대감을 느꼈다.

모처럼의 외식이라 엄마가 단호히 제지했지만, 손녀의 아쉬운 눈빛은 할아버지의 마음을 흔들어 놓았다. 다음번 하교 돌봄 때 할아버지가 몰래 라면 시식을 제안하면 어떨까? 손녀의 얼굴에 환한 미소가 번질까, 아니면 "비밀유지 수당"을 요구할까? 모처럼 점수를 딸 기회, 놓칠 수 없지! 어쩌면 그 한 그릇이, 세대와 세대를 잇는 가장 따뜻한 다리가 되어줄지도 모른다.

춤추는 단톡방

초가을 햇살이 창가를 스치던 금요일 오후, 단풍산행을 앞둔 마음은 어느새 붉게 물들어 있었다. 고요하던 사무실에 울린 벨 소리는 마치 예고 없는 파문처럼, 일상의 적막을 단숨에 깨뜨렸다. 마침내 그날이 왔다. 평온하던 단톡방은 스스로 불꽃을 일으키며 무너져 내리기 시작했다. 총무는 정체불명의 외부인이 들어와 분탕질한다고 했다. 한국기술사회 산악회의 공식 단톡방이었다. 얼마 전부터 회원이 아닌 인사가 끼어들어 이상한 주장을 하고 있다는 내용이었다.

붉은 점퍼를 걸친 중년의 얼굴은, 등 뒤로 펼쳐진 날개와 함께 현실과 환상의 경계를 흐리며 단톡방에 모습을 드러냈다. 그 기이한 이미지 속 인물은 마치 디지털 세계의 전령처럼, 낯선 메시지를 남기고 있었다. 또 다른 사진은 호수 위를 노니는 흰 백조의 머리에 본인의 날개 펼친 사진을 보란 듯이 올려놓았다. K모라는 이름을 공개하고 있지만, 실명인지 가명인지 확인할 수 없었다.

방장이 삭제하려 해도 이상하게 퇴출이 안 된다고 했다. 각자 핸드폰에서 차단해 보지만 칠십여 명이 넘는 단톡방에서 누가 단톡방에 초청했는지는 알 수 없었나 보다. 회원이 외부인사를 초청했다기보다 해킹으로 인한 침입으로 초점이 맞춰졌다. 단톡방엔 정치나 종교 문제는 다루지 않도록 규정하고 있어 그동안 비교적 잘 관리되고 있는 편이었다.

어느 순간, 단톡방에 던져진 한 장의 현수막 사진이 조용한 물결을 뒤흔들었다. 짙은 정치색을 띤 그 이미지 앞에서, 회원들은 침묵을 깨고 각자의 목소리를 내기 시작했다. 논란은 그렇게, 한 장의 사진에서 피어올랐다. 일부 관망파도 있지만 빗발치듯 이어지는 항의에 동참하지 않을 수 없었다. 올린 당사자의 속내를 알 수는 없으나 내리면 끝날 일인데 가만두고 있어 논란을 키웠다. 선거를 몇 달 앞둔 정치의 계절이 시나브로 다가왔음을 실감하는 사건이었다. 그의 주장에 수긍이 가는 부분도 없지 않았다.

"왜 이리들 호들갑이신가? 카톡 방이 아주 시끄럽군요. 저도 누가 이 카톡 방에 초대했는지 알 수가 없습니다. 다만 우연히 뜨기에 가끔 들여다보는 것일 뿐이지요. 엊그제 올린 게시물이 화근이 된 것 같은데…. 왜들 그리 호들갑이 심해요? 제가 올린 건 정치가 아니에요. 그저 동네 현수막을 보고 그 내용이 황당해서 여러분들도 보시고 생각을 해 보시는 게 어떨까 해서 무심히 올린 건데, 미꾸라지에 소금 뿌린 것처럼 펄펄 뛰는 이유를 모르겠군요. 도대체 뭐가 문제인지 얘기 좀 들어 봅시다. 이 나라가 언론자유, 표현의 자유가 보장된 나라인 줄 알고 있는데 내가 잘못 알고 있나요? 도둑이 제 발 저리다고 이 집단 혹시 어디 찔리는 데가 있나요? 정치 이야기는 하지 말자? 좋지요. 자나 깨나 우리가 정치에 묻혀 사는데 이를 외면하고 가자? 위선자 아니요? 제발 정신 차리세요."

우리 생활에서 정치를 도외시할 수 있을까? 오죽하면 정치 이야기는 하지 말자고 할까? 정치에 대한 무관심을 넘어 혐오에까지 이르게 되었으니. 먼저 토론 문화가 아직 정착되지 않은 데도 원인이 있지 않을는지. 서로 다름을 인정해야 하는데 아직은 자기주장에 매몰

되어 상대방 의견은 틀린다고 하며 배척부터 한다. 그나마 토론하게 되어도 끝내 얼굴을 붉히며 끝나고 마는 경우가 많은 것 같다. 이러저러한 갈등은 있겠으나 단톡방의 성격상 등산애호가의 모임이라 논쟁의 소지를 멀리하고 싶었다.

외부인이 스스로 물러나면 모를까 각자 핸드폰에서 차단만 해서는 근본적인 해결이 되지 않는 상황이었다. 결국, 총무의 지휘 아래 회원들은 단톡방에서 탈퇴하기 시작했다. 새로운 단톡방은 회장과 총무만 회원의 신원을 사전에 확인하고 입실시키는 강화된 운영방안을 공지하였다. 초읽기 속에, 오래된 배는 조용히 침몰했고, 회원들은 마치 난파선에서 뛰어내리듯 새로운 배에 몸을 실었다. 그 배는 신원을 확인한 자만이 오를 수 있는, 조심스레 닫힌 문을 가진 배였다.

검색해보니 단톡방 사고는 의외로 잦았다. '승리 단톡방'부터 'n 번 방'에 이르기까지 단톡방이라는 작은 디지털 섬에서 어둠은 조용히 독버섯처럼 뿌리를 내리고 있었다. 익명성을 방패로 벌어지는 불법 행위는 언론의 자유, 표현의 자유를 구가하며 사회를 검게 물들이고 있다. 법정에서도 사회정의와는 다소 거리가 있는 가벼운 판결도 있어 인식이 아직 미치지 못하는 것 같다. 미국에서의 엄정한 판결과 비교해서 시민사회단체에서 논란이 되곤 한다.

해결을 위해 단톡방도 익명성을 벗어나 실명제로 해야 한다는 주장이 힘을 얻고 있다. 익명성에 따른 대표적인 문제는 악플(악성댓글)에 의한 피해를 든다. 가수, 배우, 정치인 등이 악플로 인한 정신적 고통 속에 극단적인 선택을 한 사례를 많이 본다. 반면 실명제는 개인정보 유출에 따른 피해를 우려한다.

하지만 이런 소수의 사례 때문에 친목, 의사소통 등 선의의 목적을 가진 대부분의 단톡방이 함께 매도되어서는 곤란하지 않을까? 단톡방을 포함한 사회관계망(SNS: Social Network Service) 관련 인터넷이라는 무한한 바다에서 자유롭게 항해하려면, 우리 안의 윤리적 나침반이 먼저 바로 서야 하지 않을지. 법에만 호소하거나 의지해서는 재발을 막기 어려운 건 사회는 항상 저만큼 앞서가기에 그런가 싶다.

최근 우리 사회의 민주화 발전에 인터넷에 의한 의사소통이 크게 이바지하고 있다는 연구 결과도 있다. 다양한 목소리를 담는 선진사회를 위해선 자유로운 의사 표현에 책임도 함께하는 시민의식이 아쉽다. 갈등을 품은 채 살아가는 우리에게 필요한 것은, 질서 있는 토론과 서로를 향한 이해의 눈빛이다. 단톡방은 잠시 조용해졌지만, 그 침묵 너머에서 우리는 다시 소통의 의미를 되새겨야 할 때인 것 같다.

치사랑 내리사랑

엊그제 엘리베이터에서 있었던 일이다. 손주를 데리고 축구교실 등원을 위해 나서던 참이었다. 손주가 "할아버지" 하며 다정하게 팔을 잡는 모습을 보더니 함께 탔던 나이 드신 분이 조용히 혀를 끌끌 찼다.

"지금은 저렇게 따르지만, 나중엔 본 척도 안 해요."

손주를 다 키워놓고 나니 커서는 불러도 안 온다고. 정을 듬뿍 쏟았는데 정작 손주들은 할아버지 할머니 마음을 몰라주는데 섭섭한 정도를 넘어 이러려고 고생스레 돌보았나 하는 생각이 들었단다.

분위기가 어색해질까 보아 손주 앞에서 조심스러웠지만 허탈한 웃음을 보이며 답해주었다. "치사랑은 없겠지요. 내리사랑 아닐까요?"

고개를 끄덕이며 고생스러워 안 됐다는 눈치에 말씀 고맙다는 인사치레로 보냈다. 돌아오는 내내 그분 이야기의 여운이 남아 귀에 맴돌았다.

손주 돌봄을 하는 많은 사례를 통해서 비슷한 얘기를 듣곤 했다. 가까운 지인은 맞벌이하는 딸 대신 외손주 둘을 겨우 젖을 뗀 갓난 아이 때부터 7년간이나 돌보았다. 정이 들 대로 들었는데 그만 부부가 이혼하게 되었고 외손주들이 문제였다. 처음엔 딸이 데려와 키우다가 아직 나이가 있어 재혼하게 되어 양육권을 역시 재혼한 사위에게 넘기게 되었다.

새엄마에게 넘기긴 죽기보다 싫었지만, 아이들의 교육을 포함해서 행복한 장래를 위해 부유한 그쪽에 눈물을 머금고 양육권을 넘겼다고 했다. 얼마 후 아이들이 보고 싶어서 딸과 함께 찾아간 적이 있는데 손주들이 엄마와 할아버지 할머니를 외면했다. 십 년 가까이 품어온 사랑이, 어느 날 문득 낯선 얼굴로 돌아설 때… 그 서운함은 바람에 흩어진 꽃잎처럼 마음을 휘젓고 지나갔다.

우리 집도 다르지 않았다. 아들네가 맞벌이인 데다 아직 손주가 유치원과 초등학교 저학년으로 돌봄이 필요했다. 서너 살 때까지 엄마는 육아휴직을 하며 아기들 기저귀를 갈고 수유를 하고 잘 때까지 안아 어르는 등 나름대로 최선을 다했다. 교직에 있다 보니 비교적 육아휴직 제도가 잘 되어 나름 수월하게 아이들을 돌볼 수 있었다. 학사에 이바지한 부분이 부족한 데 따라 진급 등에 불리한 점이 있지만, 아이들의 해맑은 웃음을 볼 때면 모든 게 잊힌다는 아이 엄마의 고백이었다.

지금은 손주들이 젖먹이가 아니어서 돌봄이 양육 수준은 벗어났다. 유치원이나 학교가 시작할 아침에 등원, 등교를 돕고 오후에 하원 그리고 하교하게 되면 그 시간에 맞추어 학원 돌봄을 하는 순서다. 그래도 아들네가 퇴근 귀가할 때까지 돌봄을 하다 보면 개인적인 시간에 제약이 많아 사회활동 하기 쉽지 않았다. 우리 부부가 교대로 돌봄을 해도 서로 약속이 겹치면 한쪽이 포기 양보해야 한다.

보다못해 20여 년 운영하던 사무실도 2년 전 코로나 19 구실로 접고 홈오피스를 꾸린 이유다. 그러나 여러 해 동안 돌봄을 하다 보니 손주들과의 애착 관계가 깊어짐은 물론이거니와 천사 같은 티 없는 웃음, 그 한 줄기 빛 같은 순간들이 노년의 하루를 황금빛으로 물들였다. 손주 돌봄 책 두 권은 그 소중한 결과였다.

동창 모임에 나가 보면 가끔 손주 돌봄으로 모임에도 잘 나오지 못하는 친구가 있다. 술이 한 순배 돌고 나면 으레 "이제 우리도 인생을 즐겨야지, 손자 안 봐줘"라며 대놓고 호기롭게 주장하는 친구도 있다. 이해하지 못할 바는 아니겠지만 손주 돌봄을 일종의 시혜라고 보는 관점이 아닐는지? 아니면 이미 나이 들어 못다 한 인생이나마 되찾고 싶은 걸까? 그도 아니라면 돌봄에서 앞의 사례처럼 실망 끝에 나온 달관일까?

오늘도 방학을 시작한 손주 두 녀석이 와서 쿵쾅거리는 심장 소리로 집안이 가득하다. 대형소파에 집을 짓고 들어가 숨는 장난을 하는가 하면 뻐꾸기노래를 할아버지에게 들어보라며 피아노를 두드리는 소리, 할아버지와 체스를 하면서 나이트를 잡았다고 깔깔거리는 소리 하며, 적막강산이던 집안이 오랜만에 다시 살아 숨 쉬었다. 아연 밝아진 분위기에 사람 사는 집 같은 느낌도 든다. 자랄 때 늘 형제뿐으로 조용했던 우리 집에서 자손이 많아 북적이며 서로 돕고 사는 이웃이 부러웠었다.

잠시 후면 뒤치다꺼리에 골치가 아파질 저녁이 기다린다. 방학인 요즘은 종일 돌봄을 하다 보면 파김치가 되곤 했다. 이어지는 학원 순례에 아이들도 힘들겠지만 찻길에 다칠까, 학원 시간에 늦을세라 신경을 곤추세우다 보면 언제 하루가 다 갔는지 모른다. 오죽하면 '오면 반갑고 가면 더 반갑다'라는 말까지 있으랴만 해맑게 빛나는 손주들의 눈망울을 볼 때면 모든 노고가 잊힌다.

아침 엘리베이터에서 만난 그분 말대로 내 노고쯤 알아주지 않으면 어떠리. '애 봐준 공은 없다'지만 손주들과 함께한 그 시간이 우리 부부의 노년에 가장 행복했음을 뒤늦게 돌아본다. 괴테는 "아무리 큰 공간일지라도 설사 그것이 하늘과 땅 사이라 할지라도 사랑은 모든 것을 메울 수 있다."라고 했다. 오늘도 내리사랑에 나서는 이유라면 지나칠까? 내리사랑이란, 어쩌면 우리가 살아가는 가장 깊은 이유인지도 모른다.

차성기

한국과학기술정보협동조합 이사장, 기계기술사
ISNI(국제표준이름식별자) 0000 0004 6449 1291
《한국산문》 등단(2020)
《건설감정절차서》 외 38권

아름다운 세상에는 경계가 없다

추대식

사람들은 오래전부터 미(美)에 대한 열망이 각별하다. 값비싼 대가를 지불하며 얼굴이나 신체 성형을 하고, 고가의 화장품이나 특별한 브랜드를 찾으며 아름다움을 추구해왔다. 모두 아름다워지기 위함일 것이다.

당대 절세미인 양귀비가 '귀한 약재 우린 물로 목욕을 즐겨한 것'이나, 클레오파트라가 '우유와 벌꿀을 이용한 마사지를 즐겼던 것'은 널리 알려진 사실이다. 이렇듯 동서양 구분 없이 시공을 초월하여, 남녀노소가 외형적인 '미'에 가치를 두고 있다. 그렇다면 '진선미'가 아니라 '미선진'이나 '미진선'이 되어야 하지 않을까.

그러나 '미'의 위치는 언제나 세 번째다. 평소의 위상과는 달리, 진眞, 선善, 미美로 굳어져 첫 번째 자리를 양보하고 있다. '미' 나름의 가치를 가졌음에도 불구하고 내적 결핍 때문인지, 어느 날부터 도도한 '진'과 '선'을 그냥 따라가는 구도자가 되었다. 왜 이렇게 되었을까? 누가 언제 이들 각각에 변형된 의미와 가치를 부여하게 된 것일까. 아마 상술 때문이 아니었을까. 이를 증명하듯 미스코리아 선발대회나 인기 있는 각종 트로트 경연대회를 보면 쉽게 이해가 된다. 방송 기획자들이 참관한 관중이나 일반 시청자들의 시선을 사로잡기 위해, '진선미'라는 서열을 만들어 부여했다. 이는 평소 줄을 세우는 데 익숙하고 그것을 중시하는 우리 문화적 영향과도 무관하지 않을 것이다.

가치의 사전적 의미는 "인간이 대상과의 관계에 의해 지니게 되는 중요성"이다. 그렇다면 '참 진(眞)의 가치는 있는 그대로 변함이 없다는 것, 착할 선(善)은 사물을 좋게 여기거나 착해서 좋다는 것, 아름다울 미(美)는 말할 것도 없이 아름다움 그 자체'일 것이다. 이렇게 각각 지닌 고유한 의미와 가치가 있는데 우리는 여기에 서열을 부여하고 이를 흥행의 수단으로 활용한다. 그러면서 지속적이고도 반복적으로 사용하게 함으로써 완전히 고착화되게 한 셈이다.

하지만 인위적으로 1, 2, 3등이라는 등수를 매긴다 해도, 따지고 보면 근소한 차이 아니겠는가. 보기에 따라 '이현령비현령'이다. 그렇지만 결과에 따른 대우는 확실하게 다르다. 우리 사회는 언제부터인가 수석, 일등에만 집중하고 있다. 따라서 좋든 싫든 우열을 가리고, 만들어진 서열이 지배하는 시대에 적응하기 위해 각자 정해진 분야에서 경쟁할 수밖에 없는 것이다.

그렇다 보니 사람의 관계가 홀로 서 있는 나목처럼 각박해지고 온정보다 삭막한 분위기가 지배적이 되었다. 이런 현상이 오래 가게 되면 결국 다수가 불행해지고 소수만이 행복을 누리게 될지 모른다. 이제부터라도 모두가 경쟁을 하거나 우열을 가리기보다 상생 화합의 장을 만들어, 서로를 이해하고 존중할 수 있으면 좋겠다.

필요에 의해 꼭 1등을 하지 않으면 안 되는 분야까지 경쟁을 하지 말자는 얘기가 아니다. 특히 나라를 부강하게 만드는 데 꼭 필요한 반도체나 고부가가치 선박 셔틀 탱크, 전기차, 에이아이(AI) 산업 같은 경우는, 반드시 1등을 해야 하고 또 선두를 놓치지 않아야 한다. 그렇지만 인간관계에서만큼은 경쟁이나 서열 위주의 분위기를 벗어났으면 하는 바람이다. 자칫하면 너무 극단을 치닫게 될 것 같아서다. 배가 한쪽으로 치우치면 기울 듯, 극단은 항상 위험하지 않던가.

요즈음 같이 팬데믹이 유행하는 시대에서는 원하든 원하지 않던 의식주를 비롯한 모든 것이 거미줄같이 연결되어 있다. 이러한 시기에 필요한 덕목은 무엇보다 공생하는 마음일 것이다. 식재료를 비율에 맞게 섞어 최상의 맛을 내는 비빔밥처럼, 독불장군보다는 여럿이 함께 시너지 효과를 낼 수 있도록 하는 것이 필요한 세상이다.

다행히도 최근 여러 방송매체에서 다수의 유·무명 가수들이 한데 어우러지도록 하는 모습을 보면서 희망을 갖게 되었다. 그들은 그곳에서만큼은 우열을 가리기보다 어떻게 하면 보다 감동을 줄 수 있을까에 초점을 맞추고 있다. 사실 지금까지의 트로트 무대는 독보적인 어느 한 사람이 분위기를 주도하지 않았던가. 어쩌다 여럿이 함께한다 해도 자신을 더 뽐내기 위해 애쓰고 각자 따로 노는 모습이 대부분이었다. 그런데 요즘은 '진선미'는 물론 등수 외도 함께 어울리며 흥겨운 무대를 만들어 내니 더없이 보기가 좋다.

'사람이 꽃보다 아름답다.'고 했다. 장미꽃, 들국화, 민들레, 할미꽃이 저마다 따로따로 가치가 있듯 한 사람 한 사람이 바로 그 이상이라는 말이다. 사람 인人은 서로가 서로에게 기대 있는 모습이다. 백인백색이라고, 누구나 자기만의 매력을 갖고 있다. 그만큼 우리는 각자 최고의 가치를 지닌 사람들이고, 무엇에건 우열을 가리지 않아도 되는 모두가 소중한 사람들이다. 나와 너를 떠난 우리, 결과만큼 과정도 눈여겨 볼 줄 아는 그 '우리'가 있어 살맛나는 세상이면 좋지 않겠는가.

새봄이다. 아름다운 세상에 경계가 흐려질 수도 있다는 희망을 가
져본다. 어디 손잡고 '두물머리'라도 다녀와야겠다.

《에세이문학》, 2023 봄호)

하나의 열매가 익기까지

　농원은 처참했다. 과목은 부러져 나뒹굴고 익다만 낙과들이 비명을 지르고 있었다. 유달리 심술을 부린 50여 일의 태풍과 장마를 뚝심만으로 버텨낼 재간이 없었다. 숯처럼 새까맣게 타버린 속이라 했다. 친구 창해는. 하늘의 무심함에 그동안의 경배마저 모두 지워졌다고 했다.

　처진 어깨가 부러진 나뭇가지 닮은 창해를 그냥 두고 볼 수 없었다. 그의 어깨를 다시 곧추세워주는 일은 피해복구에 동참하는 길이라 생각했다. 아내도 내 뜻에 선뜻 공감을 보냈다. 10여 년 전 귀농한 친구는 대봉감과 아로니아 재배를 제2의 천직으로 삼았다. 나는 지난봄까지도 거름을 주고 가지치기를 거들어 그의 즐거움을 보탰다. 매해 빠짐없이 내 일처럼 동참한 청송농원이다. 가지마다 화사하게 봄을 맺고 있었는데 그 희망이 모두 바닥으로 떨어진 셈이다.

　챙 넓은 밀짚모자가 한여름 뙤약볕을 가리기에 충분했다. 평소 쓰지 않던 근육이 때를 만난 듯 불끈 힘을 썼다. 몸 뺴 바지에 팔 토시를 낀 아내도 부산하게 거들었다. 바둑판 위에 흩어져 마구 뒤섞인 흑백 바둑알을 복기(復棋)하듯 농원의 질서를 되찾는 일이 아득해 보였다.

　채 익지도 못한 낙과들이 안쓰러워 조심조심 걸음을 뗐다. 땅바닥에 주저앉아 마구 울고 싶은 심정이었다. 내 안의 모든 서러움까지 다 쏟아놓고 싶은 속내를 눈치라도 챈 듯 아내도 같은 표정을 지었다. 하나로도 충분한 아침 식사가 되는 귀한 과실이 슬픈 표정을 짓고 올려다봤다. 불현듯 지난 시절이 비바람에 얻어맞은 농원과 오버랩 되었다.

스물여섯에 두 해 뒤따르는 아내와 결혼했다. 준비랄 것도 없이 시작한 살림은 몇 만 원짜리 월세 단칸방이었다. 연탄아궁이 부엌과 비키니 옷장, 흑백TV, 간이화장대가 고작이었다. 새벽녘 좁은 부엌에서 연탄과 석유 타는 내음을 맡으며 신접살림하는 신부는 고역이었다. 심심치 않게 연탄가스 중독사고 소식도 들렸던 터라 아내가 부엌에서 머무는 시간을 줄여야 했다. 삶은 달걀과 우유 한 잔 곁들인 사과 한 알 아침으로 바꿨다. 점심은 근무지에서, 저녁도 잦은 야근으로 인해 밖에서 해결했다. 평일 가정식은 아침 한 끼가 대부분이었다. 그때부터 습관이 된 '과일 식의 아침'이었다.

공직에서 스물여덟 해, 기업에서 열두 번의 가을을 보내고 은퇴했다. 소식을 접한 친구는 이런저런 조언을 아끼지 않았다. 인생 2모작의 선배라며 자신의 경험담을 들려주었다.

"그동안 수고 많았다, 이제 은퇴했으니 삼식이다. 군소리 말고 먹어라. 모쪼록 주는 대로 먹어야지, 투정이나 잔소리는 안 된다."는 농담까지 섞었다.

"집에만 있지 말고 바깥 활동도 해야 한다."는 덧붙임에 고맙기도 했고, 은퇴 이후 삶이 그리 만만하지 않다는 느낌도 들었다.

퇴직 이후 달라진 점 중의 하나는 눈치를 보는 일이었다. 그리하여 아내의 옆모습을 쳐다보는 버릇이 생겨났다. 아무래도 역경을 함께한 동반자로서 내 부족함 때문이 아닐까 싶었다. 동반의 역할을 못한 것 같은 회한이 밀물졌다. 근무지가 바뀔때마다 직접 짐을 꾸려 이사를 해야 했던 그 시절, 잦은 이동으로 스물네 번을 옮겨 다녀야만 했던 군인 아내의 고충을 어찌 다 표현할 수 있을까. 부산 강원 호남 서울 경기 등 전국으로 장거리 이사를 하다 보니 애지중지 아끼던 살림이 파손되기도 했다. 뒷수습은 순전히 아내 몫이었다.

아찔한 위험도 따랐다. 1984년 1월, 전남 광주에 있던 부대에서 강원도 화천 근무를 위해 이동했다. 통운 차량에 짐을 싣고 6시간쯤 이동할 때쯤 폭설이 내렸다. 도로 폭이 좁아 절벽 끝에 붙어있다는 화천군 해산령 아흔아홉 고개. 이삿짐을 가득 실은 트럭이 미끄러운 오르막을 오르는가 싶더니 움찔, 비틀거렸다. 바로 옆은 천 길 낭떠러지. 아차, 기사의 얼굴이 새파랗게 변했다. 두 딸을 양팔에 품어 앉고 동승한 아내, 몸을 떨며 얼굴이 두려움과 공포로 뒤덮였다.

어린 시절 신작로를 오가던 장돌뱅이 차량들이 있었다. 오일장에 보따리를 풀고 싸며 이동하는 장면들은 장난 섞인 호기심과 동경이 있었지만, 막상 내가 겪고 보니 그때의 과정과는 판이했다. 입술을 꽉 깨물었다. 무너지지 않기 위해서였다. 이해관계에 따라 이동하는 것이 아니기에 나를 다독였다. 오로지 주어진 명령과 역할에 충실해야 했다. 숙명으로 받아들이면서 자신을 달랬다. 하지만 아내는 달랐다. 그 와중에 아이들의 학교를 옮겨야 했고 보살펴야 했다. 이사 후에는 정리를 도맡아 하면서 항상 통증과 고열로 심한 몸살을 앓았다. 가정사에 무심했고 나랏일에 몰두한다는 핑계로 도와주지 못했다. 아내의 머리맡에 놓아둔 감기약과 해열제가 가장의 사랑 표시라고 스스로 위안했다.

집안일이란 해도 해도 끝이 없고 하고도 표시가 나지 않는 것. 강원도 찰옥수수를 까는 것처럼, 담양 대나무밭 죽순을 벗기는 것처럼 끝이 없는 일이었다. 아이 둘을 반듯하게 내보내고 둘만 지내는 요즘도 그런데, 한창 클 때 그 고충이 오죽했으랴. 지나간 사십 년은 이미 엎지른 묵힌 포도주다. 바닥을 홍건히 적셔도 다시 담을 수 없는 미안함이다. 이제야 청소기를 돌리고 분리수거하고 음식 쓰레기를 버리며 소소한 잔정을 배우고 있다.

부부란 결국 비바람 견디고 끝까지 매달려, 튼실하게 결실을 맺는 열매 같은 존재가 아닐까? 때로는 쓴맛, 신맛이었다가, 단맛에 이르는 열매. 거기에 오묘한 감칠맛까지 보태진 숙성된 열매는 거저 얻어지는 것이 아니다. 이른 나이에 나를 믿고 서약했던 그 약속을 지켜준 마음이 지금을 맺게 했다.

세 번의 주말 봉사의 끝이 보인다. 농원도 질서를 잡아가는 것 같다. 목발 짚은 나무도 있지만, 그 표정은 의연하다. 비록 태풍에 상처를 입었지만 나무들은 좌절하는 기색이 없는 듯하다. 소리 없이 아픔을 삼키는 것 같다. 어떤 조건에서든 모든 생명력을 끌어 모아 결실을 맺으려는 분투(奮鬪)만 있을 뿐이다.

하나의 열매가 익기까지, 오랜 기다림과 믿음이 필요하다. 그것은 간절한 생의 애착에서 태어난다. 풍요로운 가을을 매달 청송농원을 돌아서는 발걸음이 한결 가볍다.

(《에세이문학》, 2021 봄호)

소금 황금 보다 지금

　지난해 소중한 사람들과 이별이 있었다. 가장 가깝게 지냈던 오십 년 친구가 홀연히 떠났다. 그와 나는 평소 경쟁하지 않았고 계산하지 않던 관계였다. 어쩌다 자존심 상할 일이 생겨도 개의치 않았고 걱정거리가 생기면 허물없이 나누던 사이였다.

　가장 가까웠던 그가 2023년 한 해가 저물 무렵, 매일같이 즐겨하는 걷기 운동을 하다 어처구니없게 뺑소니 사고를 당했다. 범인을 잡고 보니 오십 중반의 만취한 여인이 운전하던 SUV 차량에 의해서였다. 친구는 한적한 시골길에서 음주차량에 충격을 당한 채 한 시간 가까이 방치되었다.

　평소처럼 운동을 마치고 집으로 들어올 시간인데도 남편이 나타나지 않자 아내의 느낌은 특별했다. 폰으로 호출을 시작했고 신호음이 가는데도 받지 않으니 열 번이고 스무 번이고 계속 눌렀다. 마침 폰에서 울리는 음악소리를 듣고 다가간 행인의 눈앞에 비현실적인 모습이 발견되었다. 곧장 119에 신고 되었고 바로 출동한 구급차에 의해 후송되던 중 그만 운명하였다. 인간의 본성과 관련된 성선설과 성악설, 이는 동전의 앞뒷면과 같은 것일까. 사람의 선과 악 경계선은 어디쯤일까? 믿고 싶지 않았다. 사고 후 응급조치가 제대로 되었더라면 어찌 이런 일이 있을 수 있었겠는가.

　그는 삼십여 년의 공직생활을 잘 마무리하고 명예롭게 퇴직했다. 한때 경제적 어려움에 처하면서 바닥까지 경험했지만 성실함 하나로 재기에 성공했던 사람이다. 번듯하게 이루어 놓은 그의 '희주(희망을 주는)농원'에서, 나는 아내와 함께 해마다 송구영신 해넘이 해돋이를 했다. 서로 손을 잡고 저무는 해, 솟아오르는 해를 바라보며 '보다 의미 있게 행복하게 살자'는 각오를 다지곤 했었는데….

2024년 새해 벽두. 문우회 소속의 육십이 안 된 여성 문우가 갑자기 심근경색으로 유명을 달리했다. 우리는 십여 명의 문우들과 함께 한두 달에 한 번씩 새로운 작품을 발표했다. 그때마다 서로의 작품에 대해 의견을 나누었고, 뜨거운 합평회 분위기 속에서 작가의 관점으로 서로의 생각을 얘기하고 날카롭게 비평하면서 각자 발전을 도모했던 사이였다.

창밖으로 유달리 많은 눈이 내렸던 지난해 초 첫 합평회 날, 원탁을 중심으로 마주 앉았던 그가 내 작품에 자신의 느낌을 진솔하게 얘기하면서 슬며시 창밖을 바라보던 모습이 눈에 선하다. 합평회를 끝내고 문우들과 함께 빌딩 지하 칼국수 식당에서 식사를 했었다. 주문한 음식이 나오고 고개를 숙인 채 후루룩하는 사이, 언제 일어났을까. 반 발짝 먼저 계산대에 서있던 그녀, 그 모습이 마지막이 될 줄 누가 상상이나 했겠는가. 나는 영원히 갚을 수 없는 칼국수 한 그릇 빚쟁이가 되고 말았다.

그가 떠난 후 새삼 문우의 의미를 곱씹어 보았다. 비록 짧은 기간이었지만 문학으로 맺어진 인연은 특별했다. 아! 이건 아니라는 기분으로 문상을 다녀오는데, 울컥 알 수 없는 서러움이 고비사막 모래바람처럼 몰아치면서 눈앞이 흐려졌다.

슬픔은 남은 자의 몫일까. 2023 세모 2024 벽두 연이은 아픔에, 삶에 대한 허무한 생각이 내 심신을 포위했고 많이 힘들었다. 하지만 어쩌겠는가. 누가 "인명은 재천"이라 하지 않았던가. 노자도 '도덕경'에서 "지난날에 얽매이는 자 마음에 쉼이 없고, 미래를 걱정하는 자 평안이 없다"라고 했다. 매일 걷던 만보를 이만보로 늘리면서 기억을 뭉개고자했다.

우리는 일생을 살면서 수많은 경험을 하게 된다. 지나온 삶을 돌이켜보면, 자갈길처럼 거친 길을 걸을 때도 있었고 포장도로처럼 평탄한 길을 걷기도 했다. 손에 잡힐 듯 선명하게 그려지는 지나온 길. 그 연장선상에 가야 할 길은 계속되고 있다. 삶은 보고 듣고 느끼며 헤쳐 나가는 과정이다. 우리 모두 먼 길 떠나는 나그네의 여정(旅程)과 닮은꼴이다.

선조들은 반세기 전까지 대개 예순 내외 정도의 시간 여행을 했다. 그렇다 보니 어쩌다 환갑이 되면 마을 구성원들은 경사로 받아들였고, 떠들썩한 축하 분위기로 생일잔치를 했다. 왜 그렇게 했던 것일까. 지난(至難) 한 세월 동안 혹독한 전쟁, 가난과 굶주림, 예방약조차 없는 전염병으로 인해 단명의 시대를 살아야 했던 사람들의 공감대였을 것이다. 동병상련의 마음에서, 흔치 않게 장수하는 당사자를 축하하고 대리만족하면서 개인의 무병장수를 염원했기 때문이다.

지금 시대 수명을 논할 때, 지난날의 장수 기준치였던 환갑이라는 말은 사용하지 않는다. 불과 이삼십 년 전까지 전해 내려왔던 풍습이었지만 기준이 시대 흐름에 맞지 않아 자연스럽게 도태되었다. 내면으로부터 일어나는 감정으로 볼 때, 지금의 나이 육십은 청년이라는 생각이다. 실제 노인복지관에서도 이들을 젊은이라 부른다. 심지어 아직 '한창 때'라고 말하기도 하고 아예 '청춘'이라 부르는 경우도 더러 있다. 조금 과하게 표현하면 요즘은 나이 팔십이 과거 육십 중반과 비슷하다. 정신적인 면이나 신체활동 측면에서, 아예 자신의 나이에 일이십 퍼센트 정도를 절하시켜 표현하는 사람도 꽤나 있다. 그래서일까. 청년 중년 노년의 의미가 뒤섞여 사용되는 시대다.

100세 시대에서 환갑의 의미가 퇴색되면서, 환갑은 물론 칠순도 잔치보다는 여행이나 하고 잠시 쉬는 휴게(休憩) 분위기다. 축하 잔치는 주로 팔순이나 구순 정도 되어야 한다. 100세 잔치는 더 말할 필요가 있겠는가. 이때가 되면 당사자에게 부담 없는 시간과 공간이 주어지고 가족이나 주변의 축하가 따르게 된다. 그야말로 망설이거나 체면치레로 거부할 필요 없이 일상을 내려놓고 편한 마음으로 여유를 즐기면 된다. 장수 잔치가 아름답기도 하고 명분도 충분하기 때문이다. 바라건대 여기저기 환갑과 칠순 여행, 팔 구순 100세 잔치하는 흥거운 모습들을 보고 싶다. 축하 분위기 맞게 덩실덩실 함께 춤을 추고 싶다.

그제는 그제, 어제는 어제로 지나갔다. 오늘은 또 내일이면 과거가 될 것이다. 무릇 허상에 가까운 기대 수명 날 자 수를 채우고 못 채우는 것 자체가 목표가 될 수는 없을 것이다. 긍정적인 마음, 배려하는 자세, 관대함, 넓은 어깨로 살아가는 것이 중요하다. 무엇보다 길던 짧던 맑은 정신과 건강한 신체, 의미 있는 시간을 보내야 한다.

하고 싶은 일, 좋아하는 일 하면서 살아야겠다. 맛난 소금이나 반짝이는 황금 보다, 바로 지금 이 순간이 최고다.

(《에세이문학》, 2025 봄호)

비무장지대의 추억

이 세상 모든 사람들이 갈등이나 전쟁 없이 평온하게 살아갈 수 있으면 좋겠다. 이는 전체 인류의 로망이기도 하다. 하지만 지금 이 시간까지 지구 곳곳에서 유혈 전쟁이 계속되고 있다.

우리도 70년 전에 비극적인 6·25전쟁을 치른 바 있지 않는가. 전쟁의 참화(慘禍)와 비극을 막기 위해서는 국력을 키워 나라를 지키고 보호해야 한다. 호국은 나 자신과 가족, 이웃은 물론 국가를 지키는 것, 그야말로 거룩하고 존엄한 일이다. 이는 평소에 누구나 언제든지 관심만 가지면 할 수 있는 일이기도 하다. 어찌 삼백육십오일 하루라도 빈틈이 있을까마는, 우리는 특별히 6월을 호국보훈의 달로 기념하고 있다.

에세이문학작가회 주관으로 철원 DMZ 안보문학기행을 실시했다. 아침 8시 지하철 종로3가역 8번 출구에서, 참가자들이 함께 버스로 출발해 저녁 시간에 다시 돌아오는 일정이다. 출발 지점이 평소 교통 혼잡지역으로, 차량 대기 문제 등 지체 요인이 있어 걱정을 했지만 결과적으로 기우였다. 모두가 약속시간보다 5~10분 전에 미리 도착해 정시에 출발했다. 달리는 버스가 시내를 막 벗어날 무렵, 어쩌다 맡게 된 인솔자로서의 의무감으로 불편사항을 확인코자 좌석을 돌아보니, 모두의 표정에서 DMZ 안보문학기행에 대한 자긍심이 묻어남을 알 수 있었다. 나라 사랑하는 마음이 각별한 탓일까. 밝은 표정으로 담소를 나누고 만족하는 모습에 행사 성공을 예감했다.

함께 동승한 사람들은 작가회 소속과 몇몇 가족, 그리고 명예회원으로 모두 37명. 버스 안 분위기가 밝고 환한 가운데 두 시간 남짓 달리니 어느새 첫 번째 목적지인 고석정 꽃밭에 도착했다. 철원군에서 대표 관광지로 조성한 고석정 꽃밭을 시작으로, 은하수교-갓냉이 점심 식사-두루미평화마을-평화전망대-월정리역사-비둘기낭 순으로 탐방이 진행되었다. 고석정 꽃밭은 축구장 21개 면적에 달하는 대규모다. 이곳에 심어놓은 금어초, 유채, 수레국화 등 다양한 꽃들이 일행들을 반갑게 맞아 주는 가운데, 끼리끼리 어울려 한 시간여 동안 꽃길을 거닐며 즐겁게 담소를 나누었다.

짧은 시간이었지만 수십만 송이 꽃들이 완전히 만개했을 때의 화려한 모습을 상상하니 즐거웠다. 다시 버스에 올라 은하수교를 찾았다. 유유히 흐르는 한탄강과 멋들어지게 어우러져 고즈넉한 분위기를 풍기는 은하수교. 마치 견우와 직녀의 만남을 형상화하듯 허공을 가로지르는 모습이 참으로 아름다웠다. 멋진 다리 이름처럼 보다 많은 청춘들이 이곳을 찾아와 데이트도 하고 기쁨을 나누면서 결실을 맺을 수 있으면 좋겠다는 생각을 했다.

다시 30여 분을 이동해 갓냉이 국숫집에 도착했다. 이름조차 생소한 갓냉이는 풀같이 생긴 음식 재료로 마치 한약재같이 보였다. 철원 지역에서 많이 재배되는 식물로, 냄비에 갓냉이와 고기, 면을 넣어 전골로 끓여서 먹고, 마무리로 국물에다 죽을 쒀서 먹는 음식, 더구나 자주 먹을수록 기관지염이나 각기 등의 해독에도 효능이 있다고 하니, 기회가 있으면 다시 찾을 생각이다. 철원의 대표 먹거리 건강식품을 즐기기 위해 열 개의 테이블에 삼삼오오 나눠 앉아, 모처

럼 반가운 문우들과 밥 친구가 되니, 입 안 가득 자연이 머무는 듯
했다.

식사 후 평화관광안내센터로 이동했다. 잠시 대기하는 시간에 단
체 대표로서 방문에 필요한 신분 증명을 확인받고 주의사항을 들은
후, 함께 동승한 해설사의 안내에 따라 민통초소를 통과하여 평화전
망대에 도착했다. 앞이 툭 터진 곳에 자리 잡은 전망대 내부 상영관
에서 북녘 땅을 바라보며 지형 설명 영상물을 잠깐 시청했다. 시청
이 끝나고 밖으로 나와 난간에 서는 순간, 저 멀리 백마고지와 북한
초소가 한 눈에 들어왔다.

무엇보다 손에 잡힐 듯 펼쳐진 철책선이 시선을 사로잡았다. 철책
철조망 너머 비무장 지대 안에서 무성하게 자란 초목들, 고요하고
쓸쓸함이 감도는 철원평야, 역설적으로 평화롭게 보이는 DMZ의 한
가로운 풍경이 오묘한 감정을 불러일으키며 그동안 잊고 있었던 추
억을 소환했다. 90년대 당시 남과 북 상황은 험악했다. 서로 적대적
감정이 고조된 상태였다. 종일 대남, 대북방송이 엉키는 가운데 누
가 뒤질세라 체제 선전을 하던 시대였다. 심지어 DMZ 안에서 무장
공비가 출현하고, 은밀하게 철책을 뚫고 침투하려는 간첩들까지 활
동을 했다. 그때 우리는 그들로부터 안전을 지켜야 했고 막아내야
했다.

삼십여 년 전 청춘시절 중령 진급 직후, 보병 제25사단 정비근무대
장으로 근무할 기회가 있었다. 북쪽을 바라보는 평화전망대를 기준
으로 약간 서쪽이다. 부여된 책임은 사단 사령부와 예하 부대에 배
치된 전차 자동차 등 기동장비 일체와 화포와 총기, 무전기 등 십 수

만 점의 전투 장비에 대한 성능을 보장하는 일이었다. 전장에서 장비가 기능을 발휘하지 못하면 적과 싸울 수 없다. 언제 어디서나 제대로 성능을 발휘할 수 있도록, 기술적으로 품질을 보장하는 일은 결코 가볍지 않는 임무다. 지휘관으로 부임하고 일주일 되던 날, 바로 철책선 경계를 담당하는 부대의 장비 상태를 확인하고 가동률 향상 방안을 모색했다. 간부들을 특기별로 조를 나누고 기능에 따라 업무를 분장시켜 GOP와 GP 부대 운용 장비에 대해 혼신의 힘을 다해 정비 지원했다.

이후 DMZ 내 출입을 건의했고 사단 사령부 승인을 받아 최전방 수색대대에 도착, 일몰 시간 즈음의 작전 계획에 따라 매복 작전에 동참했다. 수색대대 정예 1개 분대 전투병들과 함께 철책선 통문을 통과해서 비무장지대 안으로 들어갔다. 당시 비무장지대 안은 잠재적 전쟁터였다. 이곳에서 공식이든 비공식이든 활동하는 사람은 오직 아군 아니면 적군뿐이다. 애매하거나 의심되면 집중 사격을 할 수도, 받을 수도 있다. 특히 야간에는 적과 아군의 구별이 쉽지 않아, 일단 매복에 들어가면 움직여서는 안 되는 곳이다. 설사 벌레가 몸을 물어도, 용변이 급해도 참아야 하는 곳이 DMZ 내부다. 소리가 나면 적에게 노출되고 바로 위험해진다. 언제 어디서 돌발 상황이 일어날지 모르는 위험한 곳이 비무장지대다. 이곳에서 매복 작전을 함께 하면서 장비의 중요성을 체득하고, 이튿날 여명 시간에 수색대원들과 철책선 통문을 통과해 부대로 복귀했다. 그리고 보름 정도 지났을까. 매복 작전을 펼쳤던 그 지점 옆으로 두 명의 북한 무장공비가 침투를 시도했고, 미리 매복 작전 중이던 우리 수색대원들에게

교전 끝에 사살되었다. 한참 세월이 지난 지금, 모처럼 철원 평화전 망대 난간에 서서 눈을 비비고 DMZ 깊숙이 바라보니 당시 매복작전의 추억이 새록새록 느껴진다. 평화전망대 서쪽 방향, 작전에 투입되었던 철책선에서 눈길을 떼기가 쉽지 않다.

마음속 여운이 가시지 않은 채 버스에 올랐다. 가림막에 가려져 공사 중인 노동당사를 보지 못하는 아쉬움을 달래며, 철마가 더 이상 달릴 수 없는 월정리 역사를 찾았다. 6·25 전, 서울과 원산을 달리던 열차의 최북단 종착역에서, 언제 다시 이 철길을 달리는 날이 있지 않을까, 라는 희망을 그려본다. 다시 유네스코 세계지질공원이며 천연기념물인 비둘기낭 폭포를 탐방했다. 동그랗게 얽은 새들의 보금자리처럼 아주 특이하게 생긴 형태가 지금까지와는 다른 분위기를 풍겼다. 마치 어머니 품속 같은 포근함이 묻어나는 곳, 문득 수필이 문학의 영역에서 비둘기낭(囊)처럼 안락한 역할을 할 수 있도록 발전하면 좋겠다는 생각을 해본다.

국가간 이해충돌이 날카롭고 뾰족한 신냉전 시대. 비무장지대 철조망이 눈에 아른거리며 "역사를 잊은 민족에게 미래는 없다"고 외치는 듯하다. 매복작전 이후 강산이 세 번 변한 지금, 간절하게 평화통일을 갈망(渴望)하고 있을 정예 수색대원들, 순박한 전우들이 보고 싶다.

《에세이산책》, 2023, 개고

아버지의 라면

학교 급식이 대세인 지금, 도시락은 교실에서 멀어진지 오래다. 하지만 1960년대 초등학교 시절엔 소중한 한 끼였다. 당시 소수는 도시락을 싸왔지만 나는 언감생심이었다. 낙동강 하류 한적한 농촌학교. 대략 60여명의 급우들 여건도 비슷해서 나와 별반 다르지 않았다. 점심시간에 구휼 급식으로 강냉이 죽이 나오면 모두가 좋아했다.

그렇게 먹거리가 부족했던 시절, 해마다 닥치는 춘궁기가 익숙해질 무렵, '라면'이라는 신제품이 불쑥 나타났다. 시골 점방(店房)에 진열된 낯선 포장지를 친구 손에 이끌려서 난생 처음으로 보게 되었다. 도대체 먹는 음식이라면서 면이 왜 꾸불꾸불하게 생겼을까? 과연 어떤 맛일까? 호기심이 눈덩이처럼 불어났다.

죽마고우 영규와 수명, 그리고 나는 공부를 열심히 했으나 장난기 또한 심했다. 방과 후에도 거의 함께 어울렸고 숙제를 마치면 산으로 들로 뛰어다녔다. 메뚜기와 잠자리를 잡고 참새도 쫓았다. 아이디어를 내면 무조건 같이 몰려다녔다. 우리는 개구쟁이답게, 누가 먼저랄 것도 없이 라면을 먹어보자는데 의기투합했다. 이심전심, 가위 바위 보를 했다. 역할 분담을 위해서였다. 한 명은 끓일 수 있는 도구 준비, 또 한 명은 물을 끓이고 잔심부름, 남은 한 명은 라면 구하기였다.

손을 등 뒤로 숨겼다 쑥 내민 가위 바위 보의 결과는? 아! 나는 주

먹을 냈고 영규와 수명은 보였다. 당연히 내가 꼴찌, 라면을 구하는 역할이 주어졌다. 라면을 사려면 돈이 있어야 했다. 난감한 상황이 되었다. 당시에 라면 가격은 10원. 초등학생에겐 거금으로 있을 리가 없었다. 하지만 이미 약속을 했고 약속은 반드시 지켜야 한다고 배웠다. 당황한 내 모습에 얄미운 표정의 영규가 입을 삐죽이 내밀었고, 수명은 만세를 불렀다. 얼떨결에 고양이 목에 방울을 달아야 하는 궁지에 몰렸다.

집에서 동전을 만질 수 있는 사람은 아버지뿐이었다. 그 때는 용돈의 개념은 없었고, 꼭 필요할 때 아버지는 바지에서 동전을 꺼내 주셨다. 아버지의 바지는 항상 안방 벽에 걸려 있었다. 순간 망설이면서도 아버지의 바지 주머니에 손을 넣고 말았다. 속에는 몇 개의 동전이 있었고 달그락 부딪치는 소리가 났다. 그 중 하나를 꺼냈다. 두려움에 얼굴이 화끈거렸고 손이 떨렸다. 바늘 도둑이 소도둑 된다고, 가슴이 두방망이질을 했다. 애써 괜찮겠지 스스로 위로를 해도 마음이 불안했다. 에라! 한 걸음으로 점방을 향해 달렸다. 숨을 헐떡거리며 동전 한 닢을 내밀었다.

좀 전의 움츠림을 잊은 채 어깨가 으쓱 올라갔다. 의기양양하게 나타난 나를 호기심 어린 눈으로 쳐다보는 친구들. 일제히 내 손을 바라보며 감격해 했다. 불쑥 내미는 진짜 라면을 보며 눈이 더 커지는 듯 했다. 곧바로 준비된 양동이에 영규가 물을 끓였다. 물의 양은 대략 세 바가지 정도. 라면 한 개로 세 명 모두의 배를 채우기 위해 일부러 물의 양을 많게 잡았다. 호기심과 상기된 얼굴로 서로를 번갈아 쳐다보는 사이 물이 끓었다. 영규가 라면을 투하했다. 와락 김이

솟구치며 코앞으로 퍼지는 오묘한 내음. 향에 취해 연신 고개를 갸우뚱하며 눈까지 깜빡거렸다. 수명은 혀를 빼고 입맛을 다시며 코를 찡긋했다. 면발은 어디 숨었는지 안 보였고 국물만 마시며 물배를 채웠다.

그 후 며칠이 지난 저녁이었다. 아버지께서 라면 한 묶음을 사오셨다. 그건 사건이었다. 한적한 농촌, 동네서도 먹어본 사람이 별로 없다는 낯선 음식, 이것으로 식구들과 함께 라면 파티를 하신단다. 음식 솜씨가 이웃까지 꽤 알려진 어머니가 부지런히 움직이셨고 모처럼 푸짐한 상이 차려졌다. 그릇마다 김이 모락모락 피어올랐다. 꼬불꼬불한 면이 한 가득 나왔다. 일곱 식구가 둥근 상에 둘러앉아, 앞에 놓인 각각의 그릇을 비우기 시작했다 오르내리는 젓가락에 후루룩 하는 소리. 큰 형은 처음 접하는 별미라고 좋아하며 경이의 눈으로 아버지를 바라보았다. 세살 아래 동생은 아예 그릇에 얼굴을 박고 있었다. 모두가 경건한 자세로 상 앞으로 당겨 앉아 만족한 표정. 우리는 서로 번갈아 보며 웃었다. 무엇보다 적당한 양의 국물이 구미를 확 당겼다. 지난 번 친구들과 몰래 끓였던 그 맛이 아니었다. 멀건 국물로 배를 채우기만 했던 그 엉성한 느낌과는 전혀 달랐다. 뜻하지 않게 두 번째로 맛본 라면. 사실 가슴이 두근거렸지만 나는 아무 말도 하지 못했다.

아버지는 알고 계셨으리라. 지금 생각해봐도 일부러 모르는 척하셨던 것 같다. 유달리 맛나게 먹는 내 모습을 바라보며, 당신 면을 젓가락 가득 덜어서 얹어 주시던 모습. 그윽한 눈빛으로 바라보면서 점방 얘기를 하셨다. 시골 점방에서 라면을 살 수 있는 사람은 한정

되어 있었다. 더군다나 점방 주인은 다름 아닌 아버지 친구였다. 당시 그 의미를 어렴풋이 알았지만 지금은 너무나 명확하게 안다. 꾸중보다 관용으로 정직을 일깨워 주셨던 아버지. 십오 년 전, 구순 잔치를 의논 할 즈음 홀연히 별이 되어 떠나셨다. 생전 남해안 진동 앞바다를 사랑하셨던 아버지. 회한의 마음으로 그곳을 훤히 내려다 볼 수 있는 묘소를 찾을 때마다, 그윽하게 바라보시던 눈빛이 또렷하게 떠오른다.

한참 늦었지만 바지 속 슬쩍한 동전 10원을 고백하며 깊숙하게 머리를 숙인다. 그러나 그 어디에서도 맛 볼 수가 없는 아버지의 라면. 그것이 석양에 물든 노을처럼 내 마음 한구석을 벌겋게 적시고 있다.

(《에세이문학》, 2020 가을호, 개고)

추대식

《에세이문학》 등단(2021)
(사) 한국수필문학진흥회 부회장 겸 기획위원
에세이문학 작가회 회장

'아이고 이늠아'

황명희

오늘도 학부형의 "선생-님, 전화로 얘기를 또 듣는데도 눈물이 흐르네요." "선생님 공감해 주시니 정말 감사합니다." 사연인즉 초등학교 4학년 때 아버지 도장이 필요해서 학교에 갖고 갔다가 집에 와보니 학교에 두고 안 갖고 온 것을 알았다. 교과서를 받았다는 확인 서류였다. 아버지의 귀중한 인감도장을 두고 왔으니 한걸음에 번개같이 학교로 막 달려 도장을 찾으러 갔다.

그 전날 내린 비로 냇물이 불어 물살은 급류가 되었다. 일단 건너야겠다는 생각만 한 4학년짜리 여학생은 겁 없이 작은 다리로 헐레벌떡 냇가에 들어갔다. 황톳물은 소녀를 깊은 물로 자꾸 끌어들였다. 한 번, 두 번 떠올랐다가 또 휩쓸리고 막 떠내려가고 있었다. 쏜살같이 달려온 동네 아주머니, "아이가 떠내려가요." 머리채를 잡은 동네 어른은 구조 방법을 알고 있은 듯 했다. 어른들은 보리를 수매하고 동네 회관에 모여 돈 계산을 하고 있었다. 어린이를 살려 놓았다고 스피커가 울리고 방학한 날이라 학교에 혼자 계시던 교장 선생님도 헐레벌떡 마을회관으로 달려왔다. "아이고 이늠아." 학생을 살렸으니 얼마나 놀랍고 기뻤겠는가! 의식은 있던 여학생은 지금 그때의 교장 선생님 연륜이 되고 보니 그 말의 깊은 의미를 알게 됐다.

그 시기가 되면 그 악몽이 되살아난다. 그 교장 선생님을 만나 뵙고 고마웠다고, 눈물 나는 이 기억을 얘기하고 싶다고 말했다. 그 자손이라도 후일에 찾아보면 된다고 얘기했다. 그 말에 큰 위로가 됐고 공감해 줘서 잊을 수 없는 선생님이라고 말해왔다.

두 명의 자녀이니 20명 이상의 담임 교사가 지나갔겠지만, 이렇게 오랫동안 연락하고 지내는 것은 처음이라고 했다. 나 역시 수많은 학부형이 스쳐 갔지만 이 분으로 인해 귀중한 분들을 알게 되었다. 이 또한 얼마나 다행인가! 무엇에 비유해도 자기의 목숨을 잃을 뻔한 끔찍한 사고였는데 어떤 것과 중요도를 비교하겠는가!

무언가 써 두어 자녀들에게 '엄마의 시대는 이랬단다'는 얘기를 글로 전하고 싶었는데, 그런 글쓰기 모임을 갖게 되는 중요한 기회도 생긴 것이다. 그 얘기를 들으면서 자신의 얘기에 공감해줬던 것이 잊을 수 없는 사람으로 기억되어 중요한 인간관계가 형성된 것이다.

그때의 교장 선생님은 돌아가셨고, 그분 조카를 수소문 끝에 찾았단다. 이젠 산소라도 찾아 갈 수 있게 됐으니 훨씬 안심이 된다는 얘기를 하는데 또 눈물이 흐른다고 말했다. 공감해 줘서 "감사 감사"하다고 했다. 정 연락처를 못 찾으면 그 후손들이라도 찾으면 되고 기회도 생기지 않을까 했던 그 말에 용기를 갖고 찾았다. 그 산소에 가면 "아이고 이늠아"하던 그 말씀. 뒷말은 미루어 짐작할 수 있겠다.

모든 것은 본인이 그 상황이 되면 이해하고 '나이가 사람을 만든다'는 속담이 있지 않은가. 이 학부형은 오랫동안 이 사건의 중요한 얘기를 들어주고 공감해 주었다는 것으로 특별히 고마워한다. 그래서 좋은 관계를 맺어왔다. 본인의 가족 얘기, 친정, 시댁 부모님의 근황부터 많은 얘기를 하면서 '선생-님'으로 얘기가 시작되면 오랫동안의 상담이 전화로 시작된다. 그 교장 선생님의 "아이고, 이늠아" 하면서

눕혀 놓고 안심하던 그 소리가 50여 년이 됐는데도 귀에서 떠나지
않는단다.

짝

　지인이 부산으로 이사 가면서 앵무새 한 쌍을 주고 갔다. 손녀가 가끔 왔을 때 이런 새를 보며 즐거워하고, 대화도 나누었으면 좋겠다고 생각하여 먹이와 새 집을 들고 왔다. 베란다에 햇빛이 쫙 비칠 때는 그늘을 찾아 들어갈 수도 없으니 신문지를 덮어 그늘을 만들어 주었다. 그랬더니 이 신문지를 끌어당겨 뭉치는 것이다. 처음에는 먹으려나 생각했다. 야생으로 있을 때 논의 흙, 여러 가지 재료들을 뭉쳐서 집을 만들려는 습성이 있어 그런 것 같았다. 신문지가 없을 때는 수도꼭지를 틀어 새의 분비물을 청소하는 법을 배워 와서 쉽게 했다.

　그런데 신문지를 많이 뭉쳐 놓았으니 청소하는 방법이 난감하여 무조건 물을 틀면 신문지가 불어서 안 될 것 같아 고민하고 있었다. 빨리 새장 문을 닫지 못하고 우물거리다가 어느새 한 마리가 나와 버렸다. 얼른 잡아 넣지 못하고 남편께 나와 잡아 넣어 달라고 부르러 갔을 때 베란다의 옆쪽 방충망이 없는 쪽문을 향해 날아가 버렸다.

　준 사람에게 전화하여 사정을 얘기했다. 멀리 못가니 아파트 관리소에서 방송하면 찾을 수 있다고 했다. 그렇지만 그런 일은 없었다. 그 지인은 자기 아버지께서 6.25 참전 군인이셨는데 새를 아주 사랑하여 딸들이 결혼하여 살림을 차리거나 이사를 하면 앵무새처럼 사랑하면서 살라는 뜻으로 새를 사다 주셨단다. 아버지 당신도 신혼

때부터 새를 키우셨다니 이 지인이 새와 더불어 산지가 70여 년이 된 듯하다. 아버지는 연세가 높으신 분인데 새에 대한 사랑이 대단한 감성적인 어른이신 것 같다.

짝을 잃어서 남은 새도 오래 살지 못하니 새장 문을 열어 줘 날아가게 하란다. 그렇게는 하기 싫었다. 외출 후에는 잘 있나 싶어 짝이 있을 때보다 더 신경이 쓰이기도 했다. 밤에는 두 마리가 있을 때는 서로 입맞춤하고 포드득포드득 날고 장난을 잘 쳤다. 짝을 잃고는 늦은 밤 조용하면 혹시 죽었으면 어떻게 하나 고민이 되기도 했다. 새장을 들여다 보면 올라 앉아 있었다. 앵무새가 혼자 살고부터 짝과 있을 때보다 3분1 가량의 움직임과 소리였다. 휘이익휘이익 노래 부르고 옮겨 다니며 큰소리로 노래하지도 않고, 신문을 넣어줘도 뭉치지도 않았다. 이 새는 자기가 집을 만들어 놓고서야 알을 품어 새끼를 부화시킨단다. 새끼를 갖고 싶으면 다이소에 가서 새집을 사서 달아 줘야 알을 낳아 새끼를 기른단다.

짝을 잃은 앵무새를 보노라면 왠지 측은하여 내가 잘못하여 날아 갔으니 죄인이 된 듯했다. 나머지 한 마리가 날아가던 날, 외출할 때 보니 분명히 있었다. 문을 머리로 밀어 올릴 때는 전력을 다해 젖먹던 힘까지 동원하여 짝을 찾으려 필사적으로 열고 나갔을 것이다. 죽으면 애처로워 어떨까 했는데 나도 모르게 날아 갔으니 한편으로는 잘됐다 싶기도 했다. 자기가 원하던 짝을 찾았을 것이라 생각하고 마음을 바꾸기로 했다. 이 새의 부부사랑이 남달라 사랑 앵무새라 했다는데 새장 안에 갇혀 있는 것이 안타까워 방충망 닫아놓고 베란다에서 놀다 들어가게 할까 했더니 아들이 못찾아 들어 갈 것이라 했다. 황조롱이(보호새)가 어느 창고에 들어왔는데 잡아서 날려 보낼 수가 없었단다. 드론으로 계속 빙빙 돌게 해서 피곤해 떨어지게 해 잡아서 날려 보내는 장면을 T.V에서 봤단다. 베란다에서 놀게 해서 들여보내고 싶었던 마음이 있던 내가 섭섭해하는 것은 야생에서 살아갈 수 있을지 하는 걱정 때문이다. 호시탐탐 날아갈 궁리만을 했을 앵무새가 짝을 찾아 전력을 다해 새장 문을 밀어 올렸을 것이다. 날면서 마음껏 자연을 누리며 살아라. 먹이통을 들었다 놨다 하던 힘센 새가 자기 짝과 통하는 것이 있으니 잘 찾아 갔을 것이고 먼저 날아간 짝은 기다렸을 것이다.

남편이 점심을 먹으면서 "확실히 같이 먹으니 맛있고 힘이 나는 것 같다"는 말에, 가끔 혼자 먹을 때도 이렇게 느끼는데 짝을 잃고 얼마나 애를 태우면서 지냈을까? 한 마리 남은 것이 죽을 것이라고 준 친구가 날려 보내라 했겠는가? 내 손으로 날려 보내는 것보다 자기가 애를 쓰고 죽을 힘을 다해서 날아갔으니 시원섭섭 하다고 생각을 바꾸었다.

일류 중학교

중학교 추억을 떠올리면 입가에 스르르 웃음이 번진다. 학교 뒤편에는 우거진 아름드리 소나무가 있어 뙤약볕 내리쬐는 시간엔 이 아름드리 소나무 밑의 시원한 곳에서 조회를 했다. 그때는 좋은 공기, 이런 개념도 몰랐지만 서울서 시골로 오던 친척이 안방 문지방에서 뜰 앞의 네모난 파아란 하늘을 쳐다보며 "저 밝은 달 좀 봐" 하던 말의 의미를 지금 느끼고 있다

다른 학교 학생들은 수학여행 갔다가 지나가면서 차 세워 두고, 자연 환경 좋은 학교라 둘러보기도 했다. 나무둘레가 아름드리로 잴 수 있던 쭉쭉 뻗은 해송들, 운동장 잔디는 직선, 곡선 트랙으로 자랐고 봄, 여름, 가을은 다른 색깔로 변했다. 봄에 새싹 잔디가 올라 올 때는 잔디를 밟고 지나가면 생활 주임 교사는 교문까지 지나간 학생도 불러 세워 꾸중하였다.

중학교만 전체가 9반이었고 앞에는 키 작은 소나무, 뒤에는 아주 큰 송림이 있었다. 학교 뒤뜰의 큰 소나무 숲을 조금만 걸어 나가면 망망대해의 바닷가에는 관동 8경의 하나인 '월송정'이란 정자가 있다. 여름방학 전 3 일간은 남여 학생들이 '해양 훈련'이란 이름으로 바닷가에서 해수욕을 즐겼다. 지금 같이 샤워 시설이 있었던 것도 아니었다. 바닷가에서 놀다가 마칠 때는 시냇가 냇물로 몸을 씻는 것으로 마쳤다. 3 일간 했는데 동해안 바닷가는 경사가 심하여 해양 사고가 심심찮게 나서 어른들이 당하기도 했던 곳이다. 우리 모두

질서를 잘 지켜 사고 없이 3학년까지 3번의 해양 훈련을 마쳤다.

겨울 방학 전 하루는 전교생이 '토끼사냥'을 했다. 포위망을 좁혀 가며 1m 정도의 막대기 하나씩 들고 신호에 맞춰 토끼를 몰아갔다. 포위망을 좁혀 토끼를 물가로 유도했다. 이제야 꼼짝없이 물에 빠진 생쥐가 아닌 토끼니 잡았다고 자신했다. 그런데 급하니 토끼가 물을 건너는데 고개를 내밀고 할딱거리면서 젖먹던 힘까지 냈을 것이다. 용감한 남학생 한 명이 뒤따라 갔지만, 토끼가 헤엄쳐 도망가던 것을 못 잡아서 너무도 놀라웠다.

남학생들은 송아지 한 마리를 잡아 생물 선생님과 강당에서 해부학 실습을 한 후 쇠고기를 9 반으로 나누었다. 잡은 토끼와 같이 반마다 큰 솥을 준비하여 장작으로 불을 때고 각종 채소를 넣고 국을 끓였다. 점심에 먹을 국을 만들어 양은 도시락에 국물을 부어 밥 말아 먹었다. 쇠고깃국 맛보던 일은 즐거운 추억거리이다. 송림 바닥 모래밭에서 먹었는데 꿀맛이었다. 추운 날씨에 바깥에서 불편하게 먹었지만 아주 좋은 추억으로 정말 새롭다. 일 년이 가도 쇠고깃국 먹기가 힘든 시절이었다. 정육점이 있는 읍내는 20km를 가야 했고, 60년대 초의 한국의 경제 사정은 '그 집, 밥 먹을 만한 집안이다' 란 표현이 있을 정도였고 도시락을 못 싸오는 친구도 있었다.

연못에선 팔둑 만한 잉어가 유유히 나 좀 봐 달란 듯이 헤엄치고 놀았다. 당번을 정해 보리떡을 해서 던져줄 때 남학생들이 휘파람을 불면 큰 잉어들이 몸 자랑하듯 나와서 유유자적하게 노닐었다. 여러 색깔의 크고 작은 고기들이 나와 꼬리를 치면서 입을 오물거리며 먹이를 받아먹었다. 비둘기, 칠면조, 양, 타조, 공작 등도 사육장에서 키웠다.

180명이 한 학년이었는데 여학생은 30명 뿐으로 남학생들이 30명 씩 여학생반에 선택(?)되어 들어왔다. 동창회 때 한 번도 여학생반에 못 온 친구는 '그런 불행한 일이' 하고 웃는다. 70 중반을 넘으면서 수도권에 제일 많이 사니까 동창회를 3개월에 한 번씩 모인다. 할아버지 할머니가 되어, 그 교정과의 추억, 선생님을 떠올리면서 소년 소녀적 이야기 보따리를 서로 앞다투어 기억력 자랑하듯이 펼쳐놓는다.

우리는 제일 좋은 자연환경에서 일류 중학교를 나왔기에 모두 심성 좋은 동기들이라고 자부한다. 선배 중에서는 해군 참모총장, 교수, 국회의원도 있다. 강원도 울진군의 시골에서 넓은 바다, 높은 산, 그리 넓은 들은 아니었지만 자연과 이웃한 우리, 운동장에서는 잔디, 화단의 정원수, 식물들 여러 동물을 길렀다. 비둘기는 운동회 때 바구니 안에 넣어 터트리면 훨훨 날려서 평화를 상징한다고 했다. 인성교육이 강조되는 이때 자연과 더불어 지내 온 우리이기에 자연과 더불어 좋은 심성을 키웠다고 자긍심을 갖는다. 친구들아, 우리 모두 건강하게 자손들에게 좋은 기를 전해주는 노년을 잘 보내자꾸나.

사연 많은 친구

원호병원에서 60여 년 전의 추억을 더듬으면서 소꿉친구들이 옛 애기에 빠졌다. 청소년으로 돌아가 서로 질세라 친구 3명이 말하기 경쟁을 벌였다. 한방에 모여서 화투 치고 젓가락으로 상다리 두드리면서 노래 부르기도 했던 일. 희미한 등잔불 밑에서 문을 쾅 닫으면 등잔불이 꺼져 깜깜한 방이 된다. 성냥을 제자리에 잘 두었다 찾아서 불을 켜야 했던 일. 조금 후 램프 불을 켜니 얼마나 밝았던가? 석유가 많이 소비된다고 여러 사람이 모였을 때 램프 불을 켜고 평상시엔 등잔불을 켰다. 장날 되면 석유 한 됫병씩 사다가 불 밝혔던 시절이었다.

남자 친구들은 군 생활을 하면서 또는 초등과 중학교 졸업 후 객지로 나가서 회사 생활을 하게 됐다. 여자 친구들도 공장, 가정부 생활로 시작하여 직장생활을 시작했던 시절. 부모님 생활비와 남동생 학비를 벌기 위해 객지생활을 시작했다. 그래서 여자 친구들은 중학교도 못가고 바로 생활전선으로 들어갔던 옛 시절이었다.

시골서만 통하던 속담. "영풀 지고 왔냐?" 피곤해하는 사람을 보면서 어른들이 했던 말이다. 말뜻을 잘 몰랐는데 이 친구가 말해 주었다. 소가 먹을 풀을 베어 모양도 좋게 잘 정리하여 지게에 지고 가면 쌀 한 되가 수고비였단다. 아침밥도 먹기 전에 열심히 소가 먹을 아침밥, 풀을 이슬을 헤치고 한 짐 베어 가지만, 주인의 마음에 안 들게 했으면 쌀 한 되도 못 받는 헛수고가 됐단다. 배고픔을 참으며 했던 노동이 아무런 수고비를 못 받게 되기도 했다니…. 어린 소년이 얼마나 서러웠을까? 그래서 힘들어하는 모습을 보고 어른들은 "영풀지고 왔냐"? 라고 말했던 것. 허기를 참고 일찍 일어나 소가 먹을 풀을 베는 일이 얼마나 힘들었길래 이런 말이 생겼나 보다.

또 이 친구는 죽음을 무릅쓴 베트남전 일을 카톡에 가끔 올렸다. 그런데 이 친구가 서울 원호병원에 입원한다 해서 두 번째로 원호병원에 갔다. 병원 규모와 시설이 점점 더 좋아짐을 느낄 수 있었다. 나라 위해 생사를 넘나드는 먼 나라까지 파견되어 악조건의 기후에서 사투를 벌였으니 국가가 이들을 잘 대접해 줌은 마땅하다는 생각이 든다. 이 돈이 종잣돈이 되어 나라 발전의 일부분이 되기도 했던 것. 빗발같이 총알은 쌩쌩 날아오는데 몸이 반쯤 땅속에 묻히기도 했던 상황. 옆에서 전사하던 전우들을 보고 있을 때의 심정은 어쨌을까? 이렇게 고생하면서 군 생활을 했던 친구이니 말하고 싶은 사연이 얼마나 많을까?

십여 년 전 서울대병원에서 희귀병을 고쳐가더니 지금은 '다발성 림프종'이란다. 자녀들은 잘 자라 큰 딸은 르완다에 가서 세계 자원 봉사 단체에서 일하고, 아들은 포항제철에서 실력 있는 사람으로 인정받아 외국 출장도 다니고 전문 기술자로 인정 받았단다. 막내딸인 간호사가 아버지를 염려해 전화한 것을 그 자리서 봤다. 독실한 기독교 종교 생활로 친구 중 가장 일찍 장로가 되었고, 긍정적인 생활 태도가 좋아 보인다. 밝은 표정으로 합창단에서 다른 교회와 어울려 활동하는 사진도 나에게 보냈다. 80여 세를 바라보면서 노익장을 과시하는 친구가 자랑스러웠다. 더러는 옛 애기를 카톡에 올리는 것을 보면서 대강 그렇게라도 써 놓으면 자녀들이 정리해 줄 수 있다고도 격려했다. 고마워하는 친구를 뒤에 두고 병원문을 나서는데 부슬부슬 내리는 비는 가난했던 시절을 더 회상하게 했다. 잔잔한 눈물이 나서 시야를 흐린다. 국가의 혜택을 받으며 더 건강하게 살고, 만남도 더 하고 싶은데 세월은 기다려 주지 않을 테니…. 서울에 온다 하면 시간 맞춰 열심히 만나야겠다고 생각한 날이었다.

이문열과 아버지

30여 년 전 이문열 씨가 아버지에 대한 그리움을 쓴 칼럼을 보고 종일 눈물이 주르르 흘러 민망했다. 우리나라에선 너무도 많은 피해를 본 동족상쟁 6.25. 난 첫돌 전에 아버지가 행방불명 되었다. 지금은 내용도 가물가물하지만 동년배인 이문열 씨는 어쩌면 이렇게 글을 잘 써서 구구절절히 심금을 울리는 글을 쓰는가?

하루 종일 그리움과 설움이 북받쳐서 아버지를 기억하는 어른들께 전화를 거는데도 울먹울먹거렸다. "네가 아버지를 닮은 면이 있단다" 하고 90을 바라보던 아주머니의 전화 음성, 측은하게 나를 안타까워하며 많은 사랑을 주셨다. 남자 어른 한 분은 정말 "네가 남모르는 그리움에 눈물이 나는 것은 본능이 아닐까"? 하는 말도 하셨다. 어머니께서는 눈물 흘리는 나의 모습을 보면 또 오랫동안 우울해 하실 것 같아 몰래 흐르는 눈물을 감추고 있었다.

허리 수술하고 병가를 내고 집에 있었을 때였다. 해가 질 무렵 친구 나윤이가 전화 했다. 또 울먹울먹하는 소리를 듣고 "왜?" 놀란다. 오늘 아침 신문을 보고. "아하, 우리 집은 D일보를 보면서 너와 인숙이가 생각났어" 저녁 준비를 해야 하는 시간인데도 간식을 싸 들고 찾아와서 얘기를 나누니 흐르던 눈물은 간신히 멈추었다. 이 친구는 다복하게 가족들과 살았지만 타인을 잘 배려하고 공감을 잘 하며 남의 맘을 잘 헤아려준다. 그러니 주위에 친구와 이웃이 많다.

글쓰기 모임에서 이문열 씨를 만났던 글을 썼더니 "만난 적이 있어요?" "아니요, 지면으로만." 그런데 외가 종친회 모임에 갔다가 구름 떼 같이 모인 행사장에서 이문열 씨와 단체 사진을 찍었다. 외사촌 동생이 나가는 문 앞에서 같이 사진도 찍자고 하여 손에 우의를 든 채 3명이 사진을 찍었다. 동생이 없었으면 용기 없는 나는 같이 사진 찍자 얘기도 못했을 것이다. "글에서 감동했어요", "어떻게 동년배인데 어쩜 그렇게 감동적인 글을 잘 쓰세요?" "아니 나는 58년생인데?" 하는 농담도 했다.

돌아오는 길에서도 동생은 계속 글을 얼마나 잘 쓰는지 천재라고 칭찬하면서 그분 책을 많이 읽은 듯했다. 글쓰기 모임에서 이문열 씨와 찍은 사진을 보였더니 "이렇게 변했구나." "아프다 해서 걱정이 됐는데," 많은 사람이 "근황이 궁금했는데," 건재한 것을 사진으로 보니 반갑다고 했다.

25년 1월에 이문열씨 부인이 자수전을 연다기에 동생과 같이 갔다. 미리 그 부인께 연락하여 부부를 만날 수 있었다. 작품의 숫자도 많았지만 큰 규모의 작품들에 놀랐다. 우수한 문필가의 부인은 자수로 수억 번의 바늘을 오르내리면서 정성을 들였는데 경이로웠다.

사람을 감동, 설득시키는 것은 예전부터 글이 아니었던가? 글자를 모르는 사람을 '까막눈'이라고 표현하지 않았던가? 제일 중요한 눈에 비유하면서. 전혀 생각지도 못한 자리에서 만나고 싶었던 이문열 씨를 만나고 보니 30여 년 전 일이 떠올랐다. 그때 전화했던 어른분들은 모두 돌아가셨고, 23세에 혼자되신 어머니께서도 이승을 떠나셨다. 하늘나라에서 아버지를 만났을까? 이문열 씨는 중국으로 가서 아버지께 전화로 통화할 수 있었다는 매스컴의 보도, 만났다는 기사를 봤다는 사람도? 능력 있는 사람은 이렇게라도 하건만. 현재 98세 되셨을 아버지께서 살아 계시다는 것은 그 어려운 시대엔 상상할 수도 없는 일이다.

잠깐 다녀오겠다고 했던 많은 이산가족은 그리움의 한을 품고 단장이 끊길 만큼 큰 아픔을 간직한 채 하늘나라 가신 분들이 얼마나 많던가! 김대중 정부 때 한껏 희망에 부풀어 이산가족 상봉을 한 분들은 그나마 얼마나 행운이었던가! 끔찍했던 동족상쟁의 6.25. 아픔을 모르는 젊은 세대들은 남의 나라 일로 생각하며 현실에 안주하는 듯하여 염려된다.

황명희

안동여고, 안동교대, 방송통신대
동국대 상담교육 대학원

(전) 경북, 경기도 초등교사

무화과와 곶감

발행일 2025년 12월 29일

발행처 정동수필로

펴낸곳 책봄
주 소 04516) 서울시 중구 새문안로 32 동양빌딩 505호
전 화 010-6353-0224
이메일 anjh1123@nate.com

블로그 https://blog.naver.com/anjh1123

ISBN · 979 - 11 - 992516 - 5 - 6 (03810)

무화과와 곶감

MEMO

무화과와 곶감

무화과와 곶감

MEMO